Müllers Mädchen

Von Christian Schwochert

AF217482

Impressum:

©2024 Christian Schwochert

ISBN Softcover: 978-3-384-19090-1

Druck und Distribution im Auftrag des Autors:
tredition GmbH, Halenreie 40-44, 22359 Hamburg,
Germany

Kapitel 1: Neu an der Universität

Die knapp 20 Jahre alte Jenna Swift steig aus dem Regionalzug und schaute sich um. Eine Stimme aus dem Lautsprecher verkündete noch einmal, dass hier Endstadtion sei und alle aussteigen müssten. „Komisch. Warum sagen die das zweimal?", fragte sich Jenna, die diese Ansage bereits im Zug selbst gehört hatte, während sie sich ihre langen schwarzen Haare aus dem Gesicht strich.

Dann fielen ihr ein paar Obdachlose auf, die sich noch im Zug befanden und an die Fensterscheiben angelehnt schliefen. Die dick angezogenen Leute ließen sich von der Ansage jedoch nicht stören und pennten einfach weiter. Jenna entfernte sich vom Zug und spazierte gemütlich den Hinweisschildern folgend nach draußen. Der Regionalzug hatte sie vom Flughafen aus beinahe direkt an ihr Ziel gebracht. Zuvor war sie aus England nach Deutschland gekommen, um hier zu studieren. Da die Universitäten in Berlin jedoch alle überfüllt waren, hatte sie sich für eine im sogenannten „Speckgürtel" angemeldet, der rund um Berlin lag und wo noch ein paar Plätze frei waren. Jenna freute sich auf das Studium in Deutschland. Man hörte in England ja so viel Gutes über die deutschen Universitäten. Zumindest hatte sie viel Gutes darüber gehört...

Zur Uni wollte die junge Jenna jedoch erst morgen gehen. Heute wollte sie erstmal richtig in Deutschland ankommen, sich ein wenig die brandenburgischen Landschaften ansehen und natürlich ihr Zimmer beziehen, welches sie über das Internet zur Untermiete bekommen hatte. Also machte sie sich als erstes auf zu der älteren Dame, bei der sie unterkommen würde. Dabei spazierte sie durch die brandenburgische Stadt. Es war zwar wie von ihr erwartet heute recht warm, aber doch auch ein bisschen windig, sodass ihr immer wieder das Haar ins Gesicht fiel. Also machte sie sich einen Pferdeschwanz, mit dem sie dann noch hübscher aussah. Die Blicke einiger Männer entgingen ihr dabei natürlich nicht. *Vielleicht angle ich mir demnächst einen Kerl, aber nicht wieder so einen Schweinehund wie den Letzten*, überlegte sie.

Dann schüttelte sie den Gedanken ab, denn vor allem war sie ja wegen ihres Studiums hier. Nach etwa zwanzig Minuten Fußweg durch die beschauliche Kleinstadt erreichte sie die im Netz angegebene Adresse. Sie klingelte und kurz darauf öffnete eine nette, ältere Dame, die sie freundlich begrüßte. „Fräulein Swift, wie schön Sie nun persönlich kennenzulernen. Hatten Sie eine angenehme Reise?"

„Danke. Ich freue mich auch, Sie kennenzulernen. Die Reise war ganz in Ordnung. Als ich in London auf den Flughafen kam, wurden gerade mehrere Drogenschmuggler verhaftet und als ich hier landete, gab es ebenfalls eine größere Festnahme. Ebenfalls Dealer, wie man an den sichergestellten Plastikpäckchen sehen konnte. So hat sich der Kreis dann praktisch geschlossen", berichtete Jenna.

„Sowas passiert. In manchen Städten stellen sie bei den Banden sogar schon Handgranaten und Panzerfäuste sicher. Man muss heutzutage wirklich achtgeben. Na kommen Sie erstmal rein", bat die Dame Jenna ins Haus. Hinter ihr schloss sie die Tür mit mehreren Riegeln ab. Jenna bestaunte sogleich die schöne Wohnung. „Wow.

Hier ist es genau so, wie in der Beschreibung im Netz. Die Möbel sehen aus wie in einem Herrenhaus des vorletzten Jahrhunderts", freute sie sich.

„Ja, mein Mann, Gott hab ihn seelig, legte sehr viel Welt auf gute Möbel. Und ich legte, und lege genau genommen noch immer, Wert auf gute Bücher. So ergänzten wir uns; er schaffte schöne Schränke heran und ich die dafür bestimmten Werke der Literatur."

„Eine beeindruckende Sammlung", stellte Jenna mit einem Blick auf eines der Bücherregale im Wohnzimmer fest.

„Sie können gerne darin lesen. Oh und hier ist eine Kiste mit Büchern, die ich aussortiert habe. Wenn Sie wollen, können Sie sich daraus bedienen. Aber beeilen Sie sich, denn übermorgen bringe ich die Kiste zu einer Büchertelefonzelle."

„Was ist das?", fragte Jenna neugierig.

„Das ist eine umfunktionierte Telefonzelle. Heutzutage hat ja fast jeder ein Handy, also sind Telefonzellen weitestgehend überflüssig geworden. Bei uns in der Stadt haben wir eine alte Telefonzelle deswegen in eine Büchertelefonzelle umfunktioniert. Dort kann nun jeder Bücher mitnehmen oder hinbringen und hineinstellen."

„Tolle Idee."

„Möchten Sie einen Blick in die Kiste werfen?", fragte die ältere Dame.

„Gerne", sagte Jenna und schaute hinein.

Sie nahm sich ein Buch heraus und las den Titel vor: „Der Todestrieb in der Gesellschaft-Erscheinungsformen des Sozialismus."

„Ist von Igor R. Schafarewitsch. 470 Seiten stark das Werk. Aber wissen Sie... wenn ich Scheiße am Schuh habe, muss ich keine 470 Seiten lesen, um zu wissen das sie stinkt und ekelhaft ist. Und um zu wissen, was man vom Sozialismus und seinen Erscheinungsformen zu halten hat, brauche ich auch keine 470 Seiten lesen. Die über 100.000.000 Toten von 1917 bis 1989 sprechen eine deutliche Sprache", erklärte die ältere Dame.

„Wissen Sie, wir hatten in England Edmund Burke und John Dickson Carr, die auch alle gegen die Erscheinungsformen dieses Irrsinns waren. Letzterer ist sogar mal für eine Zeit lang ausgewandert, als die Roten England regierten. Ich muss sagen, seine Krimis haben mir ausnehmend gut gefallen. Aber mit den 470 Seiten haben Sie natürlich recht; wenn ich Scheiße am Schuh habe, muss ich kein dickes Buch über die Geschichte der Scheiße lesen; ich muss zusehen, wie ich die Scheiße schnell vom Schuh wegbekomme", fand Jenna.

„Eben."

„Das wirft aber trotzdem die Frage auf, wozu dieses Buch gut ist?"

„Nun, wir benötigen es nicht, aber vielleicht hilft es den ein oder anderen ins rote Lager abgeglittenen Studenten wieder zur Vernunft zu bringen. Eventuell hilft es auch Kritikern aus dem konservativen Lager gute Argumente zu finden, um die linke Regierung zu kritisieren. Also schicke ich das Buch in die Welt hinaus", meinte die ältere Dame.

„Gut, aber was ist wenn das Buch von einem Roten in der Telefonzelle gefunden und weggeworfen wird?", gab Jenna zu bedenken.

„Das kann natürlich passieren, aber das Risiko muss ich eingehen."

„Sagen Sie, gibt es in der Nähe der Telefonzelle ein Restaurant oder so etwas Ähnliches?"

„Ja."

„Na dann setzen wir uns doch einfach dahin und behalten die Telefonzelle eine Weile im Auge. Wer weiß; vielleicht nimmt ja jemand währenddessen das Buch mit und wir können beobachten, was er für ein Mensch ist", schlug Jenna vor.

„Können wir machen. Ich für meinen Teil habe heute nicht viel mehr vor. Gut, ich will dir noch kurz dein Zimmer zeigen und dann können wir los."

Sie führte Jenna in ihr Zimmer, wo sie auch gleich ihr Gepäck abladen konnte. Auf dem Weg dorthin kamen die beiden an einer Wand vorbei, wo lauter Fotos hingen. Offenbar die Kinder und Enkelkinder der Vermieterin. Jenna richtete sich innerhalb von ein paar Minuten in dem Zimmer ein und ging dann wieder zu ihrer Vermieterin nach unten. Diese saß am Küchentisch und trank einen Kaffee. „Sag mal, ist so ein Studium nicht eigentlich ziemlich teuer? Einer meiner Söhne hat studiert; gut damals war es noch vergleichsweise günstig, so wie früher alles billiger war, aber mir kam es schon damals etwas überteuert vor. Wie muss das jetzt sein?"

„Es ist teuer."

„Trotzdem hast du die Miete für ein Jahr im Voraus bezahlt und deiner E-Mail zufolge dein Studium ebenfalls."

„Richtig, aber für das Geld mussten Menschen, die mir sehr lieb und teuer waren, hart arbeiten", antwortete Jenna. Die ältere Dame nickte. Sie dachte wohl, Jenna meinte ihre Eltern. In Wahrheit meinte sie ihren verflossenen Freund. Und dessen Bruder. Am Anfang hatte sie beide gemocht. Beide hatten sie gut behandelt, der eine war sogar ihr fester Freund geworden. Dann hatte er mit Unterstützung seines Bruders das durchgezogen was man allgemein die „Loverboy-Nummer" nennt. Erst spielte er ihr, dem weißen, eher behütet aufgewachsenen, westlichen Mädchen die große Liebe vor und dann zwang er sie zur Prostitution. Angeblich hatte er Schulden und Angst vor den Geldeintreibern. Ja, klar. Ausgerechnet er, der vor ihr noch damit angegeben hatte, drei Mal am „Iron Man" teilgenommen zu haben. So ein Humbug. Jenna glaubte dem Scheißkerl kein Wort. Und sie ahnte schon, dass Worte bei ihm ohnehin sinnlos waren.

Jenna war zwar sehr behütet aufgewachsen, hatte aber viele schöne Bücher gelesen. So wusste sie was für Pflanzen im Großraum London wuchsen, die lieber niemand essen oder trinken sollte. Also bereitete sie ihrem Freund und ihrem Bruder einen ganz besonderen Tee zu, ließ anschließend die Leichen die Themse hinunterfließen und durchsuchte später deren Wohnung. Für dreckige, asoziale Kriminelle waren die beiden sehr gut organisiert. Sie hatten sogar Buch über all die Mädchen geführt, die sie zur Prostitution zwangen und wann sie diese an welchen Tagen trafen, um das Geld von ihnen einzutreiben. Dabei achteten sie immer peinlich genau darauf, dass es keine Überschneidungen gab, sodass die Mädchen einander nicht kennenlernten und sich so auch nicht gegenseitig helfen konnten. Jenna hatte damals nach dem Doppelmord kurz überlegt, ob sie die anderen Betroffenen informieren sollte, aber dass ließ sie dann doch lieber. Man konnte ja nie wissen ob eine von denen nicht doch richtig in ihren Peiniger verliebt war und Jenna dann den Behörden auslieferte. Und für nicht wenige Polizisten und Politiker hatte Jenna nicht einfach zwei dreckige Kriminelle ihrer verdienten Strafe zugeführt, sondern deren Ideologie zufolge im Grunde zwei „Götter" getötet. „Götter", die man in England nicht kritisieren durfte; allein das brachte schon eine Menge Ärger. Man durfte den König, einen lieben älteren Mann, beleidigen; das war kein Problem. Aber ein falsches Wort über die von Politikern, Medien und Behörden verehrten „Götter" und man bekam mächtig Probleme. Jenna schaute auf die Wand hinter der sitzenden Vermieterin und stellte zufrieden fest, dass dort ein Kreuz hing. Das und die Äußerungen der älteren Dame über den Sozialismus freute sie doch sehr. *Der einzig wahre Gott wird mir gewiss verzeihen, was ich tun musste, aber der Staat hätte mir ja nicht geholfen. Die decken solche Täter ja eher und lassen sie weiter frei herumlaufen*, dachte sie.

Sie dache auch kurz noch an das viele Bargeld, welches sie in der Wohnung der Toten gefunden hatte. Das hatte sie an sich genommen und war gleichzeitig zu dem Schluss gekommen, dass die anderen Opfer der beiden Dreckssäcke gewiss bald merken würden, dass niemand mehr zu ihnen kam und Geld wollte. Sie würden daraus schon ihre Schlüsse ziehen, hatte Jenna überlegt und beschlossen von dem gefundenen Geld zu studieren. Nach ihren Erlebnissen in London und auf Grund der Tatsache, dass sie dort keinen Studienplatz bekam, erschien ihr ein Studium in Deutschland sehr verlockend. Und ihr lieber Herr Vater hatte einst gemeint: „Wenn du studierst, steht dir die ganze Berufswelt offen, liebe Jenna."

Also hatte sich die gute Jenna Swift nach Deutschland begeben und nun stand sie in einer schönen, behaglichen Küche und überschlug im Geiste ihre Finanzen, während ihre Vermieterin etwas über die allgemeine Situation der Wirtschaft erzählte. Jenna rechnete sich noch einmal vor, dass es für mehrere Jahre Studium und Miete sowie Essen,

Trinken, Kleidung und ab und an ein neues gutes Buch reichen würde. Die nächsten Jahre würde es für sie finanziell also keine Probleme geben. Und im Anschluss an ihr Studium würde sie gewiss einen guten Job finden, der auch ordentlich bezahlt wurde.

Während die Vermieterin weiter redete, bot sie Jenna ein Getränk an. Jenna nahm es, trank es aus und kurz darauf brachen sie mit der kleinen Bücherkiste auf in Richtung Büchertelefonzelle.

*

Der Spaziergang dorthin dauerte ungefähr zwanzig Minuten. Jenna hielt ihrer freundlichen Vermieterin die Tür zur Telefonzelle auf und diese sortierte dort die Bücher ein. Im Anschluss setzten sie sich in den Außenbereich eines Restaurants und behielten die Büchertelefonzelle im Auge. „Zum Glück ist es heute relativ warm", bemerkte die ältere Dame.

„Ja", bestätigte Jenna und fügte in Gedanken hinzu: *Sonst könnte ich diesen kurzen Rock heute wohl kaum tragen ohne mir eine Erkältung zu holen und dann morgen den ersten Tag an der Uni zu verpassen.*

Ein paar der vorbeigehenden Typen waren Jenna bewundernde Blicke zu. Manche von denen waren in ihrem Alter und Jenna überlegte, ob sie hier wohl auch studierten. Ein Kellner kam vorbei und reichte Jenna und ihrer Vermieterin die Speisekarten. „Bestellen Sie nur; das geht heute auf mich", sagte die ältere Dame und Jenna bedankte sich freundlich.

Der Kellner kam kurz darauf wieder und nahm die Speisekarten sowie die Bestellungen entgegen. Dabei fiel es ihm schwer den Blick nicht zu auffällig auf Jennas Vorbau ruhen zu lassen. Jennas Blick hingegen ruhte auf der Telefonzelle. Bis jetzt war noch niemand gekommen, um eines der Bücher mitzunehmen. Der Kellner riss sich vom Anblick Jennas los und machte sich daran, die Bestellungen an die Küche weiter zu leiten. „Ich glaube, der Kellner hat ein Auge auf dich geworfen", bemerkte die Vermieterin.

„Echt? Ist mir gar nicht aufgefallen", entgegnete Jenna und schaute zu der älteren Dame hin.

„Tja... er ... oh, da betritt jemand die Büchertelefonzelle." Jenna richtete ihren Blick auf die Telefonzelle. Ein junger Mann nahm sich mehrere Bücher mit; darunter das von ihnen Beobachtete. „Auf den ersten Blick wirkt er sehr bodenständig", fand Jenna.

„Ja. Hoffen wir, dass das Buch bei ihm in guten Händen ist."

„Ich bin mal vorsichtig optimistisch und gehe von 'Ja' aus", meinte Jenna.

Kurze Zeit später kam das Essen und die beiden genossen Jennas erste Mahlzeit in Deutschland. Im Anschluss zeigte die ältere Dame ihrer neuen Untermieterin noch ein wenig die Stadt. Es gab ein schönes Rathaus, eine wundervolle alte Kirche, einen Bismarckturm, bei dem sich die Machthaber stur weigerten ihn instand zu setzen und eine nette Markthalle. Am Ende der Führung erklärte die Vermieterin noch: „Im Nachbarort gibt es noch einen Nachtclub. Dort gehen viele Studenten hin."

„Aha", entgegnete Jenna daraufhin nur, denn sie interessierte sich nicht sonderlich für derartige Dinge.

Die beiden gingen nach Hause und nach einem bescheidenen Abendbrot ging Jenna schlafen.

*

Am nächsten Morgen wurde Jenna von ihrem Handy geweckt. Rasch zog sie sich an, begrüßte die bereits aufgestandene und am Küchentisch sitzende Vermieterin und machte sich mit einigen Unterlagen auf den Weg zur Universität. Die Anmeldeformalien hatte sie größtenteils bereits online erledigt; sie musste heute lediglich im Büro des Dekans erscheinen und persönlich bestätigen, dass sie auch tatsächlich da war und hier anfing. Das Ganze dauerte nicht länger als fünf Minuten; schließlich hatte sie einen Termin. Der Dekan war auch relativ freundlich und erinnerte sie noch einmal daran, wo ihre Kurse stattfanden. Jenna studierte Literatur und Philosophie. Zunächst einmal war Ersteres dran und sie kam mehr als pünktlich im Hörsaal an. Überrascht stellte sie fest, dass es viele freie Plätze gab. Sie hätte sich irgendwo ganz für sich hinsetzen können; fern von anderen Menschen, aber sie wollte ja auch neue Leute kennenlernen. Also setzte sie sich neben eine junge Frau, die in etwa in ihrem Alter war. Jenna nahm Platz und die Frau schaute sie kurz an. „Hallo, ich bin Jenna", begrüßte sie, während sie sich hinsetzte.
„Mifti", entgegnete die Angesprochene.
„Das ist aber ein ungewöhnlicher Name", stellte Jenna ohne jede Wertung in der Stimme fest.
„Tja, meine Eltern hatten Humor. Und sie mochten Literatur."
„Du offenbar auch."

„Na sagen wir mal, ich hasse sie nicht. Meine Familie hat ordentlich Kohle und darum studiere ich seit Jahren mal dies und mal das. Immerhin bin ich so beschäftigt und es lenkt ein wenig von den Drogen ab."

„Du nimmst Drogen?", fragte Jenna ein wenig beunruhigt.

„Inzwischen nicht mehr. Habe einen Entzug in Irland gemacht und dort mit der guten Sarah O'Buffy einige absurde Dinge erlebt", meinte Mifti.

„Echt jetzt? Du kennst Sarah O'Buffy?", fragte Jenna erstaunt.

„Klar. Eine tolle Frau. Eine echte Heldin. Irgendwann muss ich dir mal mehr über sie erzählen. Dank ihr ..."

„Sarah O'Buffy ist eine Nazi-Bitch!", schrie jemand Mifti von hinten an.

„Halt die Fresse Justin!", schrie Mifti zurück.

„Sonst was?!", fragte Justin.

Mifti stand auf und klatschte Justin eine. Dieser fing an zu heulen und rannte weg. Mifti setzte sich wieder hin.

„Keine Sorge. Der verpfeift mich nicht. Tut er es doch, hetzen ihm meine Eltern ihre Anwälte auf den Hals. Also: Du studierst auch Literatur?"

„Und Philosophie."

„Ah. Also hast du auch reiche Eltern?", fragte Mifti.

„Äh... nein. Ich finanziere mir das alles selbst."

Mifti überlegte kurz und sagte dann: „Okay..."

„Was ist? Magst du mich jetzt nicht mehr, weil ich keine reichen Eltern habe?", fragte Jenna ein wenig unsicher.

„Was? Nein! So ein Unsinn. Es ist nur..."

„Es ist nur... was?"

„Na ja, für mich ist es nicht so wichtig, was ich studiere. Aber wenn du es dir selbst finanzierst, muss es dir sehr am Herzen liegen oder aber du hoffst ernsthaft darauf, mit so einem Studium später einen super Job zu bekommen."

„Beides trifft zu."

„Oh je; Mädchen. Wie bringe ich dir das schonend bei?"

„Was?", fragte Jenna.

„Da draußen gibt es so gut wie keine Jobs. Wir haben eine Wirtschaft, die immer mehr den Bach heruntergeht. Nicht nur in Deutschland, in der ganzen westlichen Welt werden immer mehr Menschen durch Maschinen ersetzt oder deren Jobs werden einfach ganz abgeschafft. Mit dem Studieren von Philosophie und Literatur kommt man heutzutage nicht weit. Wenn du das hier machst, weil du dir darauf eine stabile berufliche Zukunft aufbauen möchtest; dann vergiss es."

„Wie? Was? Aber so ein Studium muss doch etwas wert sein? Gerade eines aus Deutschland, oder?"

„Mädchen, gerade aus Deutschland sind die Abschlüsse nichts wert. Man bekommt sie regelrecht hinterhergeschmissen. In jeder Generation studieren knapp die Hälfte der jungen Leute; manchmal sogar mehr als 50 Prozent. Und die Abschlüsse sind meistens sauleicht zu kriegen, weil das System bei Dingen wie den Pisa-Studien und anderem Scheiß gut dastehen will. Wenn aber fast die Hälfte der Leute studieren und fast alle einen Abschluss bekommen; dann gibt es so viele, die sich auf sehr wenige Jobs bewerben, dass die Arbeitgeber die freie Auswahl haben. Hinzu kommt noch, dass sich der Schrottwert eines BRD-Uniabschlusses in der Welt immer mehr herumspricht. Also wenn du mich fragst, hast du hier etwas wofür du viel Geld zum Fenster herausschmeißt und das ohne die allzu große Möglichkeit, dass es dir in Zukunft auch nur einen müden Pfennig einbringt."

„Oh nein", stöhnte Jenna.

Zwei gleichaltrige Frauen in der Nähe hatten gelauscht und Jenna fiel das in diesem Augenblick auf. „Ist das wahr?", fragte sie die beiden Bräute.

Diese nickten. „Verdammt. Was soll ich jetzt machen?", fragte Jenna besorgt um ihre Zukunft.

„Na ja, du bist ziemlich hübsch. Du könntest als Internetnutte arbeiten. Nacktfotos und Videos von dir verkaufen. So machen es einige der Frauen, die hier Politikwissenschaften studieren. Später werden manche von denen dann als Politikerinnen oder als deren Beraterinnen arbeiten und maßgeblich die Geschicke unseres Landes mitbestimmen", schlug Mifti vor.

„Also schlägst du vor, ich soll irgendwelchen armen Schweinen im Netz Geld aus der Tasche ziehe, indem ich ihnen ... im Grunde nichts gebe?"

Mifti nickte. „Nein", sagte Jenna entschieden und fügte nach einer kurzen Pause hinzu: „Da würde ich noch eher als echte Hure auf der Straße arbeiten und reale Dienstleistungen anbieten, als so etwas Abartiges zu tun."

„Test bestanden."

„Wie bitte?"

„Na ich wollte sehen, ob du anständig bist oder nicht. Und offenbar bist du weitaus anständiger als diese Politikwissenschaftsstudentinnen. Freut mich", meinte Mifti.

„Schön das du micht für anständig hälst, aber das ändert irgendwie nichts an meinem Problem. Ich liebe Literatur und Philosophie, aber... Moment mal! Kann ich vielleicht mein Geld zurück..."

„Nein. Keine Rückerstattung", würgte Mifti sie ab.

„Aber was soll ich dann machen?", klagte Jenna.

„Du könntest dir einen wohlhabenden Mann angeln. Du

schläfst mit ihm und er versorgt dich", schlug Mifti nun vor.

„Wäre das nicht auch irgendwie unmoralisch?"

„Warum? Er bekommt was er will, nämlich ein junges, hübsches Ding und du bekommst was du willst; nämlich finanzielle Sicherheit. Das haben in tausenden von Jahren Millionen von Frauen getan und sowohl sie als auch ihre Kerle haben davon profitiert. Das ist eigentlich das Normalste von der Welt; erst vor wenigen Jahrzehnten setzte sich dieser Unsinn durch von wegen 'große Liebe' und so. Und was haben wir seitdem im Westen? Zu niedrige Geburtenraten. Und in den Ländern, in denen aus Versorgungsgründen geheiratet wird, haben wir das Problem nicht. In einer Folge von 'Auf schlimmer und ewig' bemerkte der große Philosoph Mr. Floppy einmal bezüglich der Liebe: 'Wenn du sie lieben müsstest, wäre diese Spezies längst ausgestorben'. Tja, jetzt müssen wir einander laut dem herrschenden Zeitgeist lieben und jetzt sind wir am aussterben. Also höre auf mich und such dir einen wohlhabenden Mann, der dich gut versorgt", empfahl Mifti.

„Aber wo soll ich so einen Typen kennenlernen?", fragte Jenna.

„Gute Frage. Vielleicht wendest du dich mal an unseren Professor Johann Müller. Der ist meines Wissens mit dem Herrn Müller verwandt, der die Marke 'Müller Milch' zu verantworten hat. Von der Marke hast du bestimmt schon einmal gehört?"

Jenna nickte. „Gut. Dann weißt du ja, dass dahinter ein großer Konzernboss steht, der offenbar nicht zufällig denselben Namen wie unser Professor hat. Der Müller von unserer Universität gehört also soweit ich weiß zu einer milliardenschweren Familie und wäre da bestimmt sehr hilfreich."

„Professor Müller. Der Name sagt mir etwas", murmelte Jenna.

„Natürlich, er leitet ja auch diesen Kurs hier. Frage mich allerdings, wo er bleibt? Oh, Augenblick. Wir sind ja etwas zu früh dran. Laut der Uhr hat er noch drei Minuten."

„Entschuldige, habe für einen Augenblick vergessen, dass er unser Professor ist. Bin noch ganz durch den Wind durch das was du mir eben alles erklärt hast. Danke Mifti."

„Kein Problem. Er ist übrigens nicht nur Professor, sondern auch Doktor. Ein guter Mann soweit ich weiß. Bin zwar das erste Mal bei ihm, habe ihn aber in den vergangenen Jahren einige Male gehört, als ich hier zu Gast war."

„Zu Gast?"

„Ja, eingeladen von ein paar Freunden. Weißt du, ich gehe zwar schon lange zur Uni, aber eben noch nicht so lange auf diese Uni. An meiner alten Uni gab es eine kleine Mordserie. Genauer gesagt auf einem Studentenausflug. Fast alle sind dabei draufgegangen; bis auf ich und ein oder zwei andere."

„Krass", bemerkte Jenna daraufhin.

„Ja, war heftig, aber zu der Zeit war ich die meiste Zeit high und habe von dem ganzen Blutbad eigentlich kaum was mitbekommen."

„Aber trotzdem gibt es da bestimmt einiges was du mir berichten könntest oder?", fragte Jenna.

„Sicher. Zum Beispiel... oh, da kommt der Professor", bemerkte Mifti, als Professor Müller den Hörsaal betrat. Bei ihm handelte es sich um einen Mann um die 50, der manch einen an Dr. Watson aus den Sherlock Holmes Geschichten erinnerte. Er begrüßte die Studenten kurz, stellte sich knapp vor und begann dann über die große Literatur im Allgemeinen zu erzählen. Einige Studenten machten sich eifrig Notizen. Auch Jenna schrieb fleißig mit, weswegen sie nicht bemerkte, wie der Professor seine neue Studentin hin und wieder aufmerksam betrachtete. *Wenn ich zwanzig Jahre jünger und nicht verheiratet wäre...*, dachte er bei Jennas Anblick.

Diese schrieb eifrig mit, machte sich aber gleichzeitig Sorgen um ihre Zukunft. *Wenn das Geld alle ist, habe ich ein Problem. Gut, ich könnte mich bestimmt mit einfachen Jobs über Wasser halten... aber halt. Gilt Miftis Ausspruch, dass es da draußen keine Jobs gibt, nicht auch für die eher Einfachen? Wenn die Leute sich um anspruchsvolle Berufe regelrecht reißen und es dort kaum Platz gibt, wie ist das dann erst weiter unten in der Hackordnung? Verdammt. Was soll ich nur tun? Soll ich wirklich ihren Rat befolgen und mir einen reichen Kerl suchen? Nur wen? Sie hat den Professor ins Spiel gebracht...*

Jenna schaute sich nun den Professor ganz genau an. Dieser war zwar etwas älter als sie, sah aber noch ganz ordentlich aus. *Hm. Ich könnte mich an ihn heranschmeißen. Wenn die zwei Stunden bei ihm zu Ende sind, prüfe ich mal, ob sich bei ihm eventuell etwas machen lässt*, überlegte sie.

Dann fiel ihr ein: *Aber natürlich hängt das von verschiedenen Faktoren ab, auf die ich teilweise keinen Einfluss habe. Ich muss ihn alleine erwischen. Dafür wäre es hilfreich, wenn er noch länger im Raum bleibt. Aber er kam in letzter Minute, also geht er vielleicht auch pünktlich. Oder er bleibt gerade deswegen länger. Vielleicht bleiben auch andere Studenten noch länger im Raum. Ach verdammt; hier gibt es viele Eventualitäten. Ich muss einfach abwarten was er am Ende der Unterrichtszeit macht. Wenn er geht, folge ich ihm. Bleibt er, bleibe ich auch.*

Sie konzentrierte sich wieder auf den Unterricht. Auch Mifti schien sich auf den Stoff zu konzentrieren; soweit Jenna beurteilen konnte handelte es sich dabei sogar um den Lernstoff.

*

Als die Doppelstunde vorbei war, machte sich der Professor sofort auf den Weg. Jenna wollte ihm gerade folgen, als zwei Studenten die weiter vorne saßen aufsprangen und dem Mann hinterher liefen. Einer rief: „Herr Professor! Ich habe da eine Frage!"

„Halt's Maul Draco! 100 Punkte Abzug für dein Haus und 100 Punkte für das von Harry Potter, weil er sich alleine die Schuhe zubinden kann!", rief der Professor aus und lachte.

Die beiden Studenten lachten ebenfalls. Dann fragte Professor Müller beim Verlassen des Raumes: „Was kann ich denn für Euch tun?"

Beim Hinausgehen wurde wohl die Frage gestellt, die Jenna aber nicht mehr hören konnte. „Komm. Wir gehen in die Mensa und futtern etwas. Ich lade dich ein", bot Mifti an.

„Klar. Gerne. Danke", bedankte sich Jenna.

„Was ist? Noch immer betrübt wegen deiner Zukunftsaussichten? Sieh's mal so: Dinge wie deine Karriere und so weiter werden dir und mir ohnehin nicht mehr viel nützen; so wie dieses Land und so ziemlich der ganze Westen an die Wand gefahren werden. Natürlich, mit Geld kann man sich ein paar dieser negativen Entwicklungen ein Stück weit vom Hals halten; aber ein einfacher Job reicht dafür inzwischen nicht mehr aus. Vor knapp zehn Jahren hat es vor allem die Unterschicht erwischt; jetzt schlägt die Krise ihre Klauen bereits in die Mittelschicht. Die Oberschicht hat genug Geld um sich von hier zu verpissen, aber was dann? Dann predigen sie in anderen Ländern dieselbe Scheiße wie hier bei uns und diese Länder gehen ebenfalls den Bach herunter. Ich bleibe hier und seit meinem Entzug halte ich stets Ausschau was ich gegen diese Zustände machen kann. Also sei nicht traurig; genieße dein Leben und das möglichst ohne es dir mit Drogen schön zu kiffen."

„Ach Mifti. Drogen würden ja auch Geld kosten", merkte Jenna an.

„Du sagst es, Schwester", entgegnete Mifti, legte ihren rechten Arm und Jenna und brachte sie in die Mensa. Dort wurde erstmal fleißig gefuttert. Erfahren wie Mifti war, riet sie Jenna in der Kantine vom Fleisch lieber die Finger zu lassen. Das war ein guter Rat, denn selbst die Nudeln schmeckten fragwürdig. Und wenn eine Küche schon so etwas Einfaches wie Nudeln versaute; was sollte man dann erst über das Fleisch sagen?

Zwei Studenten aus dem ersten Semester sagten den ihnen nahestehenden Mülleimern ganz genau, was es dazu zu sagen gab; jedoch taten sie das nicht mit Worten, dafür aber umso geräuschvoller. Ein paar andere Neulinge waren solche Anblicke offenbar nicht gewohnt und mussten ebenfalls kotzen. Das Ganze lief auf eine regelrechte Kotzorgie hinaus, weswegen Jenna und Mifti ihr Essen lieber stehen ließen und die Mensa rasch verließen.

Draußen an der frischen Luft angekommen, schnappten beide erstmal nach Sauerstoff ohne Kotzegeruch. „Du meine Güte. Das war übel", stellte Jenna nach ein paar Atemzügen fest.

„Du sagst es. Bleiben wir erstmal hier draußen. Der Philosophiekurs beginnt ohnehin erst in einer Stunde", entgegnete Mifti.

„Und was machen wir so lange hier draußen?", fragte Jenna.

„Keine Ahnung. So gut kenne ich den Laden hier auch noch nicht. Ist aber ein recht großes Gelände mit vielen hässlichen Betonbauten. Erkunden wir die Gegend doch einfach. Kann ja nicht schaden zu wissen wo was ungefähr ist", schlug Mifti vor.

„Einverstanden", stimmte Jenna ihr zu und so machten sich die beiden jungen Frauen daran, das Universitätsgelände zu erkunden.

*

Jenna musst nach einiger Zeit zugeben, dass die Uni wirklich beachtlich war. Es gab sogar nahegelegene Einfamilienhäuser, wobei „nahegelegen" das falsche Wort war. Die kleinen aber feinen Häuser begannen am Ende einer Straße und dann ging man durch einen zwischen ihnen liegenden Park hindurch und nach dem Park ging dann einfach so das Universitätsgelände weiter. „Die Häuser gehören wohl nicht zum Campus", schätzte Jenna. „Gute Frage. Ich meine, auf einem der Briefkästen den Namen 'Berger' gelesen zu haben. So heißt ein Doktor an der Uni auch, aber 'Berger' ist nun nicht gerade ein seltener Name", meinte Mifti.

„Würde mich schon interessieren, ob die Häuser zur Uni gehören", fand Jenna.

„Ich schaue mal nach", beschloss Mifti und suchte mit ihrem Handy im Internet nach Informationen.

Nach etwa zwei Minuten wusste sie folgendes zu berichten: „Also: Die Häuser und der kleine Park gehören nicht zur Universität, aber laut dem Weltnetz gehören ein paar der Häuser Dozenten und Professoren, die an der Uni arbeiten. Gut zu wissen..."

„Schön", entgegnete Jenna und dachte: *Ich frage mich, ob Professor Müller auch hier wohnt? Sollte ich vielleicht mal bei Zeiten herausfinden.*

Mifti sah mit auf die Uhr ihres Handys und stellte fest: „Ach du meine Güte! Unser nächstes Fach geht bald los. Wir sollten uns langsam auf die Socken machen."

Also begaben sie sich zurück zu den Hauptgebäuden. Sie beeilten sich, kamen aber trotzdem ein paar Minuten zu spät. Der für sie zuständige Kursleiter verspätete sich jedoch ebenfalls und kam erst drei Minuten nach ihnen in den Raum. Da hatten sich Mifti und Jenna längst hingesetzt und blickten unschuldig drein, so als ob sie nicht zu spät gekommen wären.

*

Der Philosophiekurs war kaum der Rede wert. Der zuständige Professor sprach in der ersten Stunde über das Thema „Melancholie" und zitierte Josef Zehentbauer: „Der melancholische Mensch geht nie konform mit dem Modischen, dem Zeitgeist. Er durchschaut die oberflächlichen Fassaden und leidet an der Hohöheit des Konsumismus."
Immerhin das war interessant und wurde von Jenna notiert. Alles Übrige war jedoch eher nicht so ihr Fall, aber sie ging davon aus, dass es in den nächsten Stunden interessanter werden würde.
Nachdem der Kurs zu Ende war, begaben sich Jenna und Mifti auf den Weg in Richtung Ausgang. Mifti schien es irgendwie eilig zu haben, weswegen Jenna nicht einmal dazu kam richti einzupacken. Also nahm sie ihr Notizbuch so in der Hand mit und marschierte zusammen mit Mifti aus den Räumlichkeiten hinaus. Zufällig gingen sie dabei an Professor Müller vorbei. Ein weiterer Zufall war, dass in der Nähe die Klo's waren und Mifti meinte: „Ich muss mal für ehemals süchtige Mädchen. Wartest du auf mich?"
„Ja, klar", antwortete Jenna.
Mifti zog los und Jenna ging ein paar Schritte in Richtung des Professors. Dieser hatte sich gerade noch mit einem Kollegen unterhalten, aber der verabschiedete sich gerade und ging seiner Wege. Zum Schluss sagte er noch: „Danke das Sie Flora gerettet haben."
„War gar nicht so schwer. Ihre entlaufene Hauskatze stand immerhin einfach vor meiner Haustür. Das war sicher die Reise ihres Lebens", entgegnete der Professor, während sein Kollege beim weggehen noch einmal höflich mit der Hand winkte.

🐾 🐾 🐾 🐾 🐾 🐾 🐾 🐾 🐾 🐾 🐾 🐾 🐾 🐾 🐾 🐾 🐾 🐾

Jetzt oder nie, dachte Jenna und nahm ihren ganzen Mut zusammen, um den Professor anzusprechen.

„Hallo. Ich bin Jenna und neu in Ihrem Kurs", begrüßte sie ihn kurz und freundlich.

„Ah, wie schön. Sie sind mir bereits im Hörsaal aufgefallen", entgegnete Professor Müller und reichte ihr die Hand.

„Danke. War eine gute erste Doppelstunde", entgegnete Jenna.

„Freut mich, dass sie Ihnen gefallen hat."

Lass dir etwas einfallen, Jenna, forderte sie sich in Gedanken auf.

Also ließ sie scheinbar aus Versehen das Notizbuch fallen, welches sie noch in der Hand hatte. Sie bückte sich so geschickt danach, dass der Professor eine fabelhafte Aussicht auf ihren wohlgeformten Hintern hatte.

Verdammt. Was für eine Frau, dachte er bei diesem Anblick.

Jenna ließ sich Zeit beim Aufheben. Als sie ihm wieder von Angesicht zu Angesicht gegenüber stand, wobei sie genau genommen einen Kopf kleiner war als er, meinte sie nur: „Ja, es hat mir sehr gut gefallen. Danke für dieses tolle erste Mal an der Uni."

„Ähm, ja, keine Ursache. Wenn ich Ihnen sonst noch irgendwie behilflich sein kann, lassen Sie es mich wissen."

„Danke. Da fällt mir bestimmt etwas ein", entgegnete Jenna und versuchte ihn verführerisch anzulächeln.

Mist. Hätte ich doch nur mehr Übung. Vielleicht sollte ich vor dem Spiegel üben, wie man verführerisch lächelt, dachte Jenna.

Meine Güte. Was für ein Lächeln. Am liebsten würde ich sie sofort hier und jetzt küssen, aber meine Frau..., schoss es dem Professor durch den Kopf.

Er versuchte sich zusammen zu reißen und wollte gerade gehen, als Jenna meinte: „Bei Zeiten könnten wir uns ja mal über Literatur austauschen. Sie bringen Ihr Wissen über deutsche Literatur ein und ich meines über Englische. Muss nicht unbedingt im Unterricht sein."

„Ja, klar. Gerne", entgegnete Professor Müller, nur um im nächsten Augenblick zu denken: *Scheiße. Wieso habe ich 'Ja' gesagt. Was ist mit meiner Frau?*

Jenna wollte gerade noch einmal ihre eher unerfahrenen Künste ausprobieren, als plötzlich Mifti wieder auf der Bildfläche erschien. „So. Bin fertig. Wir können gehen", sagte sie, woraufhin der Professor sich verabschiedete und Mifti Jenna in Richtung Ausgang mitschleifte.

„Komm. Ich zeige dir das Lokal, in welchem ich hier in der Stadt oft abhänge", bestimmte Mifti, während Jenna dem Professor noch ein paar Blicke hinterherwarf. In Gedanken fragte sie sich: *Ich glaube, ich war vielleicht gar nicht so schlecht. Nur: Ist die Saat auf fruchtbaren Boden gefallen?*

Jenna ging diesbezüglich so einiges durch den Kopf, während Mifti sie zu ihrem Stammlokal führte und ihr dies und das über die Stadt erzählte. Als sie ihr Ziel erreichten, kam Jenna zu folgendem Schluss: *Sobald ich ihn wiedersehe, versuche ich erneut meinen charme spielen zu lassen. Mal schauen, was sich machen lässt.*

*

Professor Müller, der tatsächlich bei der Uni in einem

schönen Einfamiliehaus wohnte, eilte so schnell wie möglich zu seiner Frau. Ohne groß mit ihr zu reden, fiel er kurz nach dem Betreten seines Hauses über sie her. *So so. Es gibt wohl eine neue, hübsche Studentin, die er scharf findet*, dachte seine Ehefrau noch, kurz bevor er sie ins Bett brachte und sie dort beglückte.

Kapitel 2: Wie Jenna sich den Professor angelt

Die nächsten Stunden bei Professor Müller waren erst ein paar Tage später. Jenna verbrachte die Tage bis dahin mal mit Mifti, mal mit ihrer netten Vermieterin und manchmal allein mit einem guten Buch. Mifti war ganz schön wild; sie zog mit Jenna um die Häuser und hatte einen Heidenspaß dabei, die Aufkleber irgendwelcher linken Studentengruppen abzureißen oder gleich mit „Fuck you"-Aufklebern zu überkleben. „Weißt du, meine gute Freundin Emma, die mir viel geholfen hat und die ihren Beitrag dazu geleistet hat, dass ich einen ordentlichen Entzug in Irland hingekriegt habe; die hasst die Roten so richtig. Ich kann die auch nicht ausstehen; war früher mal ein wenig in deren Szene mit drin. Bin mir sicher, dass die 'Dinge' mit mir angestellt haben, wenn ich zugedröhnt war. Und dann diese Verlogenheit. Kommen einem mit 'Toleranz' und 'Vielfalt' und reden davon Ausländer 'willkommen' zu heißen. Aber sobald einer nicht deren Ideologie entspricht, hassen und bekämpfen sie ebendiesen. Und Ausländern, die ihren Irrsinn kritisieren, sagen sie dann: 'Verpiss dich aus Deutschland! Hau ab nach Hause!' Ja, Toleranz, Vielfalt und andere Parolen gelten nur für Ausländer, die ins linke Weltbild passen. Also solche, die ihnen bei der Zerstörung dieses Landes helfen. Wer als Ausländer da nicht mitmacht, der ist denen nicht willkommen. Also sage ich diesen Heuchlern, die nur 'tolerant' gegenüber dem sind was ihnen gefällt: 'Fuck you!'"
Mit diesen Worten brachte Mifti einen weiteren Aufkleber an und lachte. Jenna lachte mit.

Ihre Vermieterin dachte wohl ähnlich über die Roten, verhielt sich aber wesentlich ruhiger. Wie Jenna in den nächsten Tagen herausfand, betrieb die ältere Dame eine eigene Webseite und einen Newsletter. Über beide Medien informierte sie einige hundert Leute über aktuelle Dinge aus Politik, Wirtschaft und Kultur. Hauptsächlich Ereignisse aus ihrer Region. Auch das fand Jenna sehr interessant und es lenkte sie ein wenig vom Professor ab, sodass ihre Gedanken nicht ständig um ihn und um die Frage kreisten, wie sie ihn klar machen konnte?

Jenna kam zu dem Schluss, dass sie vor allem improvisieren musste. Und sie musste darauf achten, den Professor allein zu erwischen.

*

Ein paar Tage später saß sie dann wieder mit Mifti und einigen anderen Studenten bei Professor Müller im Hörsaal. Der Professor erwähnte noch einmal kurz worum es dieses Semester in Sachen Literatur gehen würde und begann dann damit den Studenten ihre ersten Aufgaben zu geben. Jeder von ihnen sollte zum einen eine Abhandlung über die deutsche Romantikliteratur schreiben und zum anderen bekamen sie alle drei Monate Zeit, um selbst einen romantischen Roman zu verfassen. „Sie schreiben 50 oder mehr DIN A4 Seiten und wandeln diese dann ins Buchformat eines Taschenbuches um. Schon haben Sie einen mehr als 100 Seiten langen Roman. Viel Erfolg", wünschte der Professor.

Ein Student fragte: „Muss der Roman auch im Zeitalter der Romantik spielen?"

„Nein, was das Zeitalter betrifft, haben Sie freie Hand. Einen Roman zu schreiben, soll Ihnen helfen, sich in die vielen Schriftsteller hineinzuversetzen, die wir im Laufe der Zeit durchnehmen werden."

Bei dem Wort „durchnehmen" fiel sein Blick zufällig wieder einmal auf Jenna. Die neben ihr sitzende Mifti überlegte für Jenna hörbar: „Hm. Also könnte ich den Roman über Hera Lind schreiben."

„Der Professor stöhnte laut auf. Auch er hatte Miftis Worte vernommen: „Wie gesagt, Sie haben freie Auswahl, aber bitte verschonen Sie uns mit Hera Lind. Ich kann und will Sie natürlich nicht zwingen, jetzt nicht über die Lind zu schreiben und wenn Sie unbedingt wollen, wird sich das auch nicht negativ auf Ihre Bewertungen auswirken, aber bitte! Ersparen Sie der Menschheit noch mehr über Hera Lind."

„Na gut. Ihnen zuliebe; nichts über Hera Lind", versprach Mifti.

Der Professor beendete die Stunde und Jenna fragte Mifti: „Wer ist eigentlich diese Hera Lind?"

„Die schreibt so Liebesromane. Wurden auch verfilmt. Aber es sind so unrealistische Liebesromane für Frauen in den 40ern. Ich meine mich zu erinnern, dass diese Frauen meistens zwei Kinder haben, ihre Ehe langweilig ist und sich dann aus irgendwelchen Gründen junge, knackige Kerle um sie reißen und sie dann die Auswahl zwischen denen und ihren Ehemännern haben. Akif Pirincci meinte mal, Hera Lind und ihre Tätigkeit würden dazu beitragen die Ehen und Familien in Deutschland zu zerstören, weil sie den Frauen ein unrealistisches Bild von der Welt vermittelt."

„Zwei Fragen", kündigte Jenna an, während sie beide aufstanden.

Mifti nickte ihr zu: „Erstens: Hat dieser Pirincci damit recht? Und Zweitens: Wer ist dieser Pirincci?"

Jenna und Mifti waren gerade im Gehen begriffen. Mifti wollte antworten, da fiel ihr etwas auf: „Oh. Du hast dein Notizbuch vergessen Jenna."

Sie ging die drei Meter zu Jennas Sitzplatz zurück und nahm es für sie mit. „Danke", bedankte sich Jenna und dachte dabei: *Mist. Ich wollte es absichtlich zurücklassen, weil der Professor noch jede Menge Kram auf seinem Pult vorne liegen hat und es aussieht als ob er diesmal noch eine Weile im Saal bleibt. Dann wollte ich es aus Ausrede benutzen, um mich wieder in den Saal zu begeben und mich, wenn wir alleine sind, an ihn heran zu schmeißen.*

Mifti beantwortete inzwischen Jennas Fragen: „Ja, ich fürchte er hat damit recht. Viele Faktoren tragen dazu bei, dass hier alles den Bach heruntergeht. Literatur, die den Leuten ein unrealistisches Bild der Menschen an sich vermittelt, ist einer der Faktoren. Und Akif Pirincci ist ein oppositioneller, regierungskritischer Autor, der hierzulande politisch verfolgt wird und den man gerne wegen Meinungsdelikten vor Gericht zerrt und wegsperren möchte. Er hat selbst auch mal einen Liebesroman geschrieben; ist schon eine Weile her. Das Buch heißt 'Odette' und handelt von einer Frau namens Odette."

„Macht Sinn, wenn das Buch 'Odette' heißt", entgegnete Jenna.

„Hey, ich habe es noch in meiner Bude liegen. Wenn du magst leihe ich es dir und du kannst es mal lesen und vielleicht ... ach nee! Geht ja nicht; wir sollen den

Aufsatz... äh ich meine die Abhandlung ja über das Zeitalter der Romantik schreiben. Aber hey, vielleicht inspiriert 'Odette' dich ja dazu, deinen eigenen Liebesroman zu verfassen?", schlug Mifti vor.

„Danke. Kannst mir das Buch ja bei unserem nächsten Treffen mitbringen", stimmte Jenna zu.

„Aber geh pfleglich damit um und denk immer daran: Wiedersehen macht Freude."

„Keine Sorge. Ich ziehe nicht die Donald-Duck-Nummer ab und flüchte mit dem Buch nach Timbuktu, um dort ein neues Leben anzufangen", versprach Jenna scherzhaft.

„Hä? Was für eine 'Donald-Duck-Nummer'?", fragte Mifti, die den Witz nicht verstanden hatte.

„Na kennst du das nicht? Immer wenn Donald Duck in Entenhausen einen riesen Haufen Mist gebaut hat, setzt er sich irgendwohin ab, wo ihn keiner finden kann. In vielen Geschichten ist das Timbuktu. In einer Geschichte setzt dann sogar der Anfang dort ein, dass Donald in der Stadt ankommt, alle ihn freundlich begrüßen, weil er schon so oft dort untergetaucht ist; tja und dann richtet Donald eine Katastrophe in Timbuktu an und muss wieder nach Entenhausen flüchten", berichtete Jenna.

„Du liest also nicht nur die große Literatur, sondern auch die kleinen aber feinen Bildergeschichten von Disney?"

„Klar, aber nur die Guten. Disneys Absturz in Sachen gute Geschichten ist mir in den letzten Jahren natürlich nicht entgangen. Die haben es echt geschafft Marvel und Star Wars in den Sand zu setzen. Unfassbar", fand Jenna, während sie inzwischen den Ausgangsbereich des Betongebäudes erreichten.

„Also das habe sogar ich mitbekommen. Der Star-Wars-Film 'Die letzten Jedi' war auch nur auf Droge halbwegs zu ertragen. Ich war ziemlich dicht, aber selbst ich habe mitbekommen, wie Leute genervt aufgestanden sind und das Kino verlassen haben", berichtete Mifti.

„Du hast dir den Kram im Kino angesehen?", fragte Jenna.

„Na ja, immerhin ohne Eintritt zu bezahlen. Wir haben uns hineingeschlichen, als der Kartenabreißer abgelenkt war."

„Wovon war der denn abgelenkt?", wollte Jenna wissen.

„Von einem knutschenden Pärchen."

Toll. Vielleicht wäre ich jetzt auch schon am Herumknutschen, wenn du nicht mein Notizbuch mitgenommen hättest, dachte Jenna, fügte dann aber im Geiste hinzu: *Aber ich kann dir ja keinen Vorwurf machen; du wusstest nichts von meinen Absichten und wolltest nur nett sein.*

„Und dann der letzte Film: Der wo die Heldin herausfindet, dass sie die Enkelin des Oberschurken ist. Und du kannst sagen was du willst: Nie im Leben war es geplant, den Imperator zurück zu holen. Denen ist einfach nur nichts Besseres eingefallen!", rief Mifti aus.

Ich wünschte, mir wäre etwas Besseres eingefallen, als mein Notizbuch liegen zu lassen, dachte Jenna, beteiligte sich aber gleichzeitig weiter am Gespräch: „Was hätte man denn in den Filmen besser machen können?"

„Zunächst einmal hätten die einen besseren Schurken als diesen 'Socke' nehmen können. Hieß der 'Socke'? Oder war es 'Smog'? Oder 'Smocker'? Ach, keine Ahnung! Ist ja auch egal. Und dann dieser andere Kerl, der nur noch den Spitznamen 'Lord Milchbubi' hat. Hätte der nicht einfach seine Maske aufbehalten können? Das Schlimme ist sogar; ich habe den Typen in anderen Filmen gesehen. In einem mit Daniel Craig. Der sieht da schon wie ein echter Kerl aus. Weißt du, was das bedeutet?"

„Was?", fragte Jenna.

„Die von Disney haben ihn absichtlich zum Milchbubi gemacht!", rief Mifti aus.

„Ich bin überrascht, dass eine Frau so sehr auf Star Wars abfährt", stellte Jenna fest.

„'Abfahren' ist das falsche Wort. Ich mag die alten Filme, die neueren mit Luke und seiner Freundin, auch wenn ich es komisch fand, dass er ein ganzes Dorf abgeschlachtet hat und sie daraufhin nur meinte: 'Wir sind alle mal böse'. Aber die ganz Neuen sind Mist. Und warum? Weil Disney dem woken Zeitgeist hinter her rennt und weil sie versuchen uns andauernd das zu verkaufen, was in ihren Augen 'starke, unabhängige Frauen' sein sollen. Dazu redet man den Frauen ja auch ein, sie müssten unbedingt 'Karriere' machen; weil sie dan unabhängig wären. Toll. Wie unabhängig ist man denn schon, wenn man für irgendeinen Konzern arbeitet, wo man den Vorgesetzten nichts bedeutet und jederzeit aus irgendeinem dummen Grund gefeuert werden kann? Statt also von einem Mann abhängig zu sein der einen liebt und der von seiner Frau ebenso abhängig ist wie sie von ihm, immerhin kümmert sie sich um die Kinder und bekäme diese bei einer Scheidung höchstwahrscheinlich auch, soll man sich von irgendwelchen Ärschen von Vorgesetzten abhängig machen! Was für ein zerstörerischer Schwachsinn!", rief Mifti aus.

„Das ist kein Schwachsinn, sondern moderner Feminismus! Die Befreiung der Frau!", rief plötzlich jemand hinter ihnen.

„Du schon wieder Justin. Habe dich gar nicht in 'Literatur' gesehen", stellte Mifti fest.

„Habe das Fach geschmissen. Der Professor ist mir eh zu

rechts", meinte Justin.

„So ein Blödsinn! Woher willst du das wissen? Wie willst du das beurteilen? Du bist heulend hinausgerannt, bevor er aufgetaucht ist", stellte Mifti fest.

„Er ist ein männlicher Weißer der auf Frauen steht. Also muss er ein Nazi sein", fand Justin.

Na ich hoffe doch, dass er auf Frauen steht, dachte Jenna dazu.

„Du bist doch auch ein männlicher Weißer, du Vollidiot!", schrie Mifti ihn an.

„Nein, ich identifiziere mich heute als Frau."

Daraufhin trat Mifti ihm kräftig in die Eier. Justin klappte zusammen wie ein Klappstuhl. „Komm. Gehen wir", sagte Mifti und legte ihre Hand auf Jennas Schulter.

Die beiden gingen einfach weg und ließen den heulenden Justin auf dem Boden liegen. „Also. Wir waren bei Disney. Disney, deren Schund kaum einer mehr sehen möchte."

„Und ich bin nach wie vor überrascht, dass eine Frau so viel Interesse an Star Wars hat", entgegnete Jenna und grinste.

„Tja, sowas kommt vor. Aber auf den entsprechenden Events sieht man eigentlich recht viele Frauen. Wobei Frauen eher auf Fantasy als auf Si-Fi abfahren. Aber der Frauenanteil bei Fans von Star Wars ist nicht so gering wie viele vielleicht denken. Der Frauenanteil bei Yu-Gi-Oh-Turnieren ist viel geringer. Ich habe einmal ein Mädchen bei einem Yu-Gi-Oh-Turnier in einem größeren Kartenladen gesehen und das war die asiatischstämmige Freundin eines der Spieler."

„Und was hast du da gemacht?"

„Ich war mit einem Kumpel da. Keinem Fickfreund,

sondern nur einem Freund. Die andere Frau und ich, wir haben einander lächelnd zugenickt und wir wussten ganz genau, dass wir aus denselben Gründen dort waren.

„Und warum wart Ihr da?"

„Na weil Jungs die uns wichtig waren, beziehungsweise sind, dieses Turnier wichtig war."

„Und du selbst interessierst dich nicht für dieses Yu-Gi-Oh?"

„Na ja, habe mir die Serie etwas angeschaut. War eigentlich ganz okay."

„Schön, jetzt hätte ich nur noch eine Frage."

„Schieß los."

„Was ist eigentlich Yu-Gi-Oh?"

„Ein Kartenspiel. Es gibt Monster-, Zauber- und Fallenkarten und ein paar relativ einfache Grundregeln. Im Prinzip ist es gar nicht mal so schwer, wenn man das Grundlegende kennt. Dann muss man nur noch das lesen was auf den Spielkarten steht. Trotzdem habe ich den Eindruck, dass es für die heutigen Kinder zu kompliziert ist und eigentlich ist es ja für Kinder erfunden worden. Bei den Turnieren spielen dann aber hauptsächlich Erwachsene, die mit dem Spiel aufgewachsen sind."

„Meinst du, Leute wie unser Professor würden sich für Yu-Gi-Oh begeistern?"

Mifti lachte. „Das glaube ich eher nicht. Das Spiel stammt nicht aus seiner Generation, sondern eher so aus der die zehn Jahre älter ist als Unsere. Aber es gibt auch in unserer Generation noch einige Leute, die es spielen. Warum fragst du?"

Da Jenna ihr nicht sagen wollte, dass sie plante sich an den Professor heranzumachen, sagte sie: „Nun, ich denke bereits ein wenig über den Roman nach. Dachte mir, wenn ich Elemente von Dingen einbaue, die dem Professor gefallen, hätte das einen positiven Einfluss auf die Bewertung. Und wenn er jetzt zum Beispiel großes Interesse an Yu-Gi-Oh hätte und ich etwas darüber mit hineinschreibe, würde ihn das freuen."

„Der Professor steht mit Sicherheit nicht auf Yu-Gi-Oh. Ich habe noch nie jemanden über 40 gesehen, der sich für dieses Spiel groß interessiert. Viele Leute fühlen sich wohl durch die zuerst schwierig erscheinenden Regeln und die vielen Worte auf den Karten abgeschreckt. Und die nostalgische Bedeutung, welche die gleichnamige Fernsehserie für manche Menschen hat, hat sie für andere eben nicht. Vielleicht steht er auf Schach? Er ist ein gebildeter Mann und viele gebildete Männer stehen auf Schach", überlegte Mifti.

„Bestimmt auch viele Eingebildete", fügte Jenna hinzu.

„Das ganz sicher. Also vielleicht baust du eine Schachpartie in deine Geschichte ein. Wäre doch nett und gäbe gutes Füllmaterial ab. Hatten die in Yu-Gi-Oh übrigens auch; sogenannte Füllerfolgen, die mit der ursprünglichen Handlung nichts zu tun hatten und im Manga nicht vorkamen. Was ein Manga ist, weißt du aber?"

„Mifti, ich studiere hier Literatur. Wenn ich jetzt die Bezeichnung für das was die Japaner literarisch in die ganze Welt verbreiten nicht kennen würde, wäre ich im falschen Fach."

„Gut. Also: Bei der Serie im Fernsehen kamen Folgen als Füller mit dazu, die im Manga nicht dabei waren. Die waren aber laut Einschätzung vieler Zuschauer genauso gut wie die Orginalgeschichte. Wenn du also in deine Geschichte eine Schachpartie einbaust, muss sie zur

Handlung passen."

„Sofern ich überhaupt eine einbaue. Erstmal müsste ich wissen, ob der Professor überhaupt gerne Schach spielt oder das Spiel zumindest mag. Wenn Professor Müller jetzt Schach zum Beispiel richtig hassen würde, wäre es doch kontraproduktiv, wenn ich etwas über dieses Spiel einbauen würde, oder?"

„Richtig", stimmte Mifti der guten Jenna Swift zu.

„Also sollte ich mehr über ihn in Erfahrung bringen. Ideen?"

Mifti überlegte. „Die Webseite der Universität", fiel ihr dazu ein.

Jenna holte ihr Handy hervor und schaute sich die Netzsetze der Uni an. Auf dem Bildschirm erschien der Hinweis „Unsere Webseite wird derzeit überarbeitet und ist daher nicht erreichbar. Wir bitten um Entschuldigung."

„Vielleicht ist anderswo etwas über ihn im Internet zu finden. Schau mal nach", schlug Mifti vor.

Die beiden Frauen suchten ein wenig, fanden aber nur etwas über seine akademischen Titel. „Das er die hat wissen wir ja schon", murrte Mifti.

„Meinst du, er könnte auf twitter oder Facebook sein?", fragte Jenna.

Mifti sah nach. „Es gibt etliche Leute mit seinem Namen auf twitter. Würde ewig dauern die alle durchzugehen", stellte sie fest.

„Und Facebook?"

„Um dort etwas nachzusehen, muss man sich anmelden. Habe ich keinen Bock drauf. Twitter ist gerade in letzter Zeit ohnehin viel nutzerfreundlicher geworden als Facebook", meinte Mifti.

„Na gut, dann bleibt nur die klassische, die altmodische

Tour."

„Und die wäre?", fragte Mifti.

„Na ich rede mit ihm. Versuche ihn besser kennenzulernen. Und du hilfst mir dabei", beschloss Jenna.

„Und wie soll ich das anstellen?"

In Jennas Kopf zeichnete sich ein Plan ab. „Na du hilfst mir dabei, indem du dafür sorgst, dass ich mit dem Professor allein sein kann. Das wir Zeit haben uns länger zu unterhalten und ich etwas über seine Interessen erfahre. Dafür wäre es hilfreich, wenn uns keine anderen Leute unterbrechen würden", fand Jenna.

Das ist nicht einmal gelogen, denn ich will ihn ja besser kennenlernen; nur eben nicht allein so wie Mifti glaubt, fügte Jenna in Gedanken hinzu.

„Was soll das überhaupt bringen? Hast du unsere Unterhaltung vergessen? Da draußen gibt es eh keine Jobs. Warum so viel Mühe für eine gute Bewertung?"

„Na weil mir die Literatur am Herzen liegt", antwortete Jenna und verschwieg weiterhin ihren Plan, den Professor klar zu machen.

„Gut, ich helfe dir. Wann willst du dich denn unter vier Augen mit ihm unterhalten?"

„Am besten nach unserer nächsten Doppelstunde mit ihm."

„Und wenn er den Raum vor uns verlässt?"

„Dann muss ich ihm eben schnell hinterher."

„Okay, aber was kann ich da tun?"

„In dieser Situation eigentlich nicht viel. Aber sagen wir, er und ich gehen in sein Büro. Dann passt du draußen auf, dass wir nicht gestört werden. Sag den Leuten die rein wollen einfach, 'der Professor ist gerade beschäftigt und ich warte auch.'", schlug Jenna vor.

„Kann ich machen."

„Und dasselbe sagst du, wenn wir im Hörsaal unter uns sind", fügte Jenna hinzu.

„In Ordnung. Bin dabei."

„Wunderbar. Vielen lieben Dank."

„Gut. Nachdem das geklärt ist; wollen wir zu mir gehen und eine Kleinigkeit futtern?", fragte Mifti.

„Klar."

*

Die nächsten Tage verbrachte Jenna damit, doch noch mal nach einem Profil ihres Professors in den sozialen Netzwerken zu suchen. Schließlich glaubte sie auf twitter nach etlichen Leuten seines Namens endlich fündig geworden zu sein. Relativ schnell stellte sich jedoch für Jenna heraus, dass es sich offenbar um einen Fake-Account handelte. *Vielleicht ein Student, der sich einen Scherz erlaubt und sich dabei äußerst wenig Mühe gegeben hat?*, überlegte Jenna angesichts von nur wenigen twitter-Kommentaren, die dieser Account hinterlassen hatte.

Irgendwann gab Jenna ihre Suche auf und widmete sich stattdessen der Kleiderauswahl. Sie wollte etwas tragen, was einerseits für die Universität noch geeignet war, andererseits dem von ihr als Eroberungsziel ausgewählten Professor einen ansprechenden Anblick gewährte. Kurze, eng anliegende Kleidung erschien ihr genau das Richtige zu sein. Jedoch bemühte Jenna sich, nicht zu viel zu präsentieren, denn Mifti sollte keinen Verdacht schöpfen. *Warum erzähle ich ihr eigentlich nichts von meinen wahren Absichten? Ist es das schlechte Gewissen? Nur wieso sollte ich eines haben? Gut, ich habe Miftis Idee übernommen, aber es ist ja nicht so, dass ich ihr ihre eigene Geschichte geklaut habe, verdammt. Ich tue lediglich das was sie mir im Grunde vorgeschlagen hat; ich befolge ihren Rat. Ich habe sie nicht beklaut, sondern mich von ihr inspirieren lassen. Trotzdem... irgend etwas sagt mir, dass ich Mifti besser nicht in alles einweihen sollte. Ich weiß auch nicht; ich kenne sie zwar nun schon ein bisschen und wir sind Freundinnen geworden, aber vielleicht bin ich auch einfach noch nicht soweit, ihr alle möglichen Geheimnisse anzuvertrauen. Aber spätestens wenn der Professor mich heiratet, wird sie es erfahren. Vielleicht erzähle ich es ihr zumindest schon ein paar Tage vor der Hochzeit... hm. Sollen wir kirchlich oder standesamtlich heiraten?*

Jenna betrachtete sich und ihre Gaderobe in dem Spiegel, der in ihrem gemieteten Zimmer hing. *Ja, sieht gut aus. Jetzt muss ich ihn nur noch unter vier Augen erwischen, dann gehört er mir. Dann habe ich einen Kerl, der mich versorgt. Dann muss ich mich nicht mehr auf dem Arbeitsmarkt durchkämpfen. Und wenn er mich wirklich übel behandelt, endet er wie mein letzter Verflossener,* überlegte sie.

*

Dann war es soweit. Die nächsten zwei Stunden standen

an und Jenna lauschte aufmerksam den Worten von Professor Müller. Er erklärte: „Die Geschichte der Literatur ... bla, bla, bla ... ist ungemein wichtig... bla, bla, bla...“

Na gut, Jenna hörte ihm teilweise zu. Hauptsächlich war sie damit beschäftigt viel zu viel über das nachzudenken, was sie gerne nach der Doppelstunde tun würde. Als der Unterricht endlich vorbei war, gingen die Studenten nach und nach aus dem Hörsaal hinaus. Der Professor hatte, sehr zu Jennas Freude, wieder einige Unterlagen auf dem Pult, die er noch durchgehen wollte. Jenna nickte Mifti zu und diese verließ als Vorletzte den Raum. Jenna ging scheinbar ebenfalls in Richtung Ausgang und blieb dann stehen, so als ob ihr noch etwas einfiel. Dann machte sie auf dem Absatz kehrt und spazierte äußerlich ruhig und gelassen auf den sitzenden Professor zu. Er war noch in seine Unterlagen vertieft, was Jenna nutzte, um zwei Knöpfe ihrer Bluse zu öffnen. Sie trat an sein Pult und fragte ihn: „Sagen Sie, Herr Professor Müller?“

Der Professor blickte auf und nahm nun Jenna in ihrer ganzen Schönheit wahr. „Ja?“, fragte er sie.

„Was halten Sie eigentlich vom guten alten Friedrich Schiller?“, fragte sie und beugte sich dabei vor, sodass er einen großartigen Blick in ihren Ausschnitt hatte.

„Schiller? Nun, einer unserer bedeutendsten Dichter. Wir verdanken ihm Meisterwerke wie 'Die Glocke' und seine Freundschaft mit Goethe war für die deutsche Literatur sehr fruchtbar.“

„Fruchtbar? So so“, entgegnete Jenna und fügte nach einer kurzen Pause hinzu: „Stimmt es, dass Schiller mal etwas mit zwei Frauen gleichzeitig hatte? Ich meine, darüber mal einen Film gesehen zu haben.“

„Äh ..., ja wissen Sie, die Filme sind zwar manchmal etwas ungenau, aber..." begann der Professor zu erklären, wobei er den Blick einfach nicht von Jennas Brüsten abwenden konnte.

„Ich nehme an, Ihnen gefällt was Sie sehen?", fragte Jenna unschuldig.

„Nun..., natürlich..., aber..."

„Wenn Sie wollen, können Sie gerne noch mehr sehen", bot Jenna an und öffnete einen weiteren Knopf ihrer Bluse.

Bevor der Professor darauf etwas antworten konnte, ging plötzlich eine Sirene los. „Was ist das?", fragte Jenna.

„Feueralarm. Ich fürchte, wir müssen das Gebäude so schnell wie möglich verlassen", antwortete Professor Müller.

Da ging die Tür zum Hörsaal auf und Mifti rief hinein: „Kommt besser mit raus!"

Ein paar Minuten später hatten sich alle zuvor noch im Gebäude befindlichen Menschen draußen versammelt und wenig später rückte die Feuerwehr an. Jenna hatte ihre Bluse wieder zugeknöpft, zumal es draußen wieder etwas windig war.

Etwa eine halbe Stunde später begaben sich mehrere Feuerwehrmänner zu dem Universitätsleiter. Professor Müller ging ebenfalls zu ihm hin, da er hören wollte, was die Uniformierten zu sagen hatten. Auch Jenna und Mifti gesellten sich dazu. Einer der Feuerwehrmänner verkündete: „Hier hat es kein Feuer gegeben. Jemand hat den Alarm ausgelöst und wir haben auch den von ihm gedrückten Knopf gefunden. Darüber war die Parole 'Alle Weißen sind Nazis und deutsche Literatur ist faschistisch!'

geschrieben."

„Das klingt, als würde es von Justin stammen", bemerkte Mifti.

„Wer ist Justin?", fragte der Feuerwehrmann.

„Einer meiner Studenten. Er taucht aber so gut wie nie in meinem Kurs auf", erklärte der Professor.

„Warum belegt er Literatur, wenn er Literatur hasst?", fragte der Feuerwehrmann.

„Das fragen wir uns auch, aber er hat für das Semester bezahlt", entgegnete der Universitätsleiter.

„Können wir anhand der Schrift vielleicht beweisen, dass er es war?", fragte Professor Müller.

„Wohl kaum, denn es handelt sich um Druckschrift", antwortete der Feuerwehrmann.

„War der Typ heute in Ihrem Kurs?", fragte der Dekan den Professor.

„Nein."

„Komisch. Warum hat er den Alarm dann nicht ausgelöst, als Sie Ihren Kurs hatten? Damit hätte er Sie doch viel mehr gestört, oder?"

„Das ist wahr", stimmte Professor Müller zu.

„Nun, die Antwort liegt auf der Hand", sagte Mifti, woraufhin sich alle Blicke auf sie richteten.

„Justin ist ein Vollidiot", lieferte Mifti die erwartete Antwort.

„Ist das wahr?", fragte der Feuerwehrmann.

„Nun, ich würde niemals sagen, dass einer meiner Studenten ein 'Vollidiot' ist, aber nur so viel: Justin ist fast so schlau wie Einstein", verkündete der Professor und zeigte dabei auf einen etwa faustgroßen Stein, der auf dem Rasen lag.

Alle nickten verstehend. Dann sagte der Feuerwehrmann:

43

„Also gut. Unser Einsatz hier ist vorbei. Tut uns leid, aber wir werden Ihnen die Rechnung schicken, da es sich um einen Fehlalarm handelt. Sollte es möglich sein, diesem Justin die Tat nachzuweisen, wird er für den Einsatz zahlen. Ist zwar nicht gerade ein Fall für 'CSI: NY', aber Sie sollten trotzdem die Polizei informieren."

Damit verabschiedeten sich die Feuerwehrleute und verließen das Gelände wieder. Der Professor verzog sich in Richtung seines nahegelegenen Hauses. Jenna und Mifti beschlossen nun erstmal zu Jenna zu gehen und vielleicht auch der netten Vermieterin von den heutigen Ereignissen zu berichten, wobei Jenna natürlich einiges für sich behalten würde. „Ich nehme an, der Schwachsinn von Justin hat deinen Plan nun erstmal durcheinander gebracht, oder?", fragte Mifti.

„Dieser Scheißkerl. Ich könnte ihn erwürgen", knurrte Jenna.

„Ruhig Blut, Prinzessin. Wenn es heute nicht geklappt hat, probieren wir es eben ein anderes Mal."

„Und wenn der Schwachkopf dann wieder Alarm auslöst oder etwas anderes Bescheuertes tut?", fragte Jenna.

„Unwahrscheinlich, dass er so etwas zweimal hintereinander abzieht. Hoffe ich zumindest", entgegnete Mifti.

„So ein Blödarsch", stellte Jenna fest.

„Na komm. Mach dir nichts draus. Davon lassen wir uns nicht den Tag vermiesen", meinte Mifti, während sie das Unigelände bereits verließen.

„Hast ja recht. Jetzt gehen wir erstmal zu mir, trinken etwas Kakao und vielleicht hat meine Vermieterin ja auch ein wenig Gebäck für uns."

„Genau. Und nächste Doppelstunde probierst du es erneut.

Dann sitzt der Professor hoffentlich wieder länger im Hörsaal und zwar mittendrin, wo es kein Entkommen für ihn gibt."

„Mittendrin und kein Entkommen. Klingt gut", fand Jenna.

„Aber darüber können wir uns in ein paar Tagen Gedanken machen. Jetzt entspannen wir uns erstmal bei dir."

Jenna nickte und gemeinsam schlenderten sie gelassen durch die kleine aber feine Stadt.

*

Der Professor hingegen war alles andere als gelassen. Er kam nach Hause und seine Frau saß am Küchentisch und trank in aller Ruhe eine Tasse Kaffee. „Was ist denn los Schatz?", fragte sie zur Begrüßung.

„Es gab einen Feueralarm."

„Oh je. War es ein schlimmes Feuer?"

„Nein, es gab gar kein Feuer. Es war ein Fehlalarm."

„Na dann ist doch alles in Ordnung. Warum bist du trotzdem so durch den Wind? Hast du etwa aus Versehen den Fehlalarm ausgelöst?"

„Was? Nein! Wieso hast du eigentlich nichts davon mitbekommen? Die Feuerwehr war auf dem Universitätsgelände. Hast du die nicht gehört?"

„Nein, ich habe bis vor fünf Minuten ein Bad genommen und dabei Musik gehört", antwortete die Frau des Professors.

„Okay, ist ja auch egal. Der Grund für meine Aufregung..."

Er machte eine Pause und seine Frau beugte sich neugierig vor.

„...ist..."

„Na nun sag schon", forderte sie ihn auf.

„Eine Studentin möchte mit mir schlafen! Sie hat sich heute an mich herangeschmissen!", rief er aus.

„Ist das alles?"

„Wie?! Du fragst, ob das alles ist?!"

„Ja. Ist doch nicht so schlimm. Schlaf halt mit ihr", entgegnete seine Frau gelassen.

„Bitte was?!", fragte der Professor schockiert.

„Schatz, muss ich dir das etwa auch noch im Detail erklären?"

„Äh..., ja. Ich bitte darum."

„Also: Was ist das Schlimmste, was passieren kann, wenn du mit einer Studentin schläfst?"

„Das du sauer wirst und dich von mir trennst."

„Nun, da ich dir eben die Erlaubnis gegeben habe, kannst du diesen Punkt schon einmal streichen. Und was ist das Zweitschlimmste?", fragte seine Frau.

„Das ich meinen Job verliere."

„Gut. Aber das passiert nur, wenn du oder sie es an die große Glocke hängen. Nur wenn die falschen, spießigen Leute es herausbekommen, bist du deinen Job los. Es besteht also ein gewisses Risiko, dass du aber vermeiden kannst, indem du und sie die Klappe halten. Aber was könnte passieren, wenn du nicht mit ihr schläfst?"

„Na gar nichts, weil ich ja nichts gemacht habe."

„Falsch!", rief seine Frau aus.

„Hä? Wieso denn?"

„Na wenn du nicht mit ihr schläfst, können zwei Dinge passieren: Entweder sieht sie es locker und akzeptiert deine Entscheidung, oder aber sie will sich für die Abweisung rächen, indem sie behauptet du hättest sie bedroht, belästigt oder sogar vergewaltigt."

„Aber so etwas würde ich nie tun! Niemals!", rief der Professor schockiert aus.

„Ich weiß, aber das ist den Behörden, den Medien und den Politikern ebenso scheißegal wie so manchem linken Studenten. Für die bist du schuldig, selbst wenn du das Gegenteil einwandfrei beweisen kannst. Du bist ein Weißer und deswegen bist du für viele Leute das absolut Böse; besonders für diejenigen, die sich den 'Antirassismus' auf die Fahnen geschrieben haben. Und selbst wenn du vor Gericht deine Unschuld beweisen kannst, würde eine Kampange gegen dich deinen Ruf ruhinieren und dich bestimmt den Job kosten. Kein Job, kein Geld und infolgedessen auch kein schönes Leben mehr für mich. Das kann und will ich natürlich nicht zulassen. Also musst du mit ihr schlafen; schon damit ich meinen gehobenen Lebensstil hier behalten kann. Du tust das also für mich, Schatz."

„Aber was ist, wenn sie mehr will? Was, wenn sie eine feste Beziehung möchte?"

„Schlaf erstmal ein paar Mal mit ihr und dann sehen wir weiter. Wer weiß, vielleicht genügst du ja ihren Bettansprüchen nicht und sie will dann von sich aus nichts mehr von dir."

„Hey, du sagst doch immer, wie gut ich im Bett bin."

„Na sagen wir mal, du hast deine Momente. Vor allem aber bist du für mich gut im Bett. Das heißt nicht, dass du ihr im Bett auch gefällst", bemerkte seine Frau.

„Aber was ist denn nun, wenn sie mehr will?"

„'Wenn'. Immer dieses Wörtchen. Ja, wenn das Wörtchen

wenn nicht wär, wär mein Vater Millionär. Ich sag dir mal was: Wenn sie mehr möchte, dann mach sie zu deiner Geliebten. Irgendwann wird sie sich gewiss einen anderen suchen; vielleicht einen in ihrem Alter."

„Und wenn sie einen Vaterfetisch oder so was in der Art hat?"

„Igitt, klingt das ekelhaft. Warum sagst du nicht einfach, dass sie womöglich auf ältere Männer steht? Das klingt weniger schlimm."

„Okay. Also was ist, wenn sie auf ältere Männer steht?", fragte der Professor.

„In dem Fall stellst du sie nach einiger Zeit so vielen deiner Kollegen wie möglich als vielversprechende Studentin vor. Was studiert sie denn?"

„Na das was ich unterrichte. Literatur."

„Du unterrichtest aber auch Geschichte; hätte ja auch das sein können."

„Schon, aber heute hatte ich Literatur und heute wollte sie nach dem Kurs eindeutig mit mir schlafen."

„Gut. Dann warte ab, ob sie sich wieder an dich heranschmeißt und dann vögel sie gut durch. Kannst dabei ruhig auch ab und an an mich denken."

„Oh mann."

„Sag mal, sieht sie gut aus?"

„Sie ist bei weitem nicht so hübsch wie du Schatz."
Seine Frau blickte ihn skeptisch an und zog dabei ungläubig eine Augenbraue hoch. „Na gut, sie ist wunderschön. Eine echte Traumfrau."

„Und ein Teil von dir fragt sich, was sie denn von dir möchte?"

Er nickte. „Na du siehst doch nach wie vor ganz passabel aus. Hast dich gut gehalten. Außerdem unterrichtest du etwas wofür sie sich freiwillig eingeschrieben hat. Jedenfalls nehme ich an, dass sie freiwillig hier ist. Zu Schule wird man ja gezwungen, aber auf die Uni kann man gehen wie man möchte. Also wird sie wohl ein Interesse, vielleicht sogar eine Leidenschaft für Literatur haben", mutmaßte die Frau des Professors.

„Ja, so scheint es wohl zu sein."

„Du bringst den Leuten die Dinge bei, die sie mag. Du hast einen guten, festen Job, führst ein solides, stabiles Leben. Du strahlst Autorität aus. Du verstehst dein Handwerk. Du verdienst gutes Geld."

„Na so viel nun auch wieder nicht. Ich bin kein Richie Rich", merkte der Professor an.

Seine Frau zählte unbeirrt weiter auf: „Du kleidest dich schick und stilvoll. Du bist gepflegt und höflich. Du hast Achtung vor deinen Studenten. Du bist hilfsbereit. Du wirst von den Leuten hier respektiert."

„Nicht von allen. Dieser Typ, dieser Justin, der wohl den Feueralarm ausgelöst hat..."

„Scheiß auf ihn. Die meisten Leute hier respektieren dich jedenfalls. Kriege ich ja auch immer wieder mit, wenn ich mit den Frauen deiner Kollegen das mache, was die jungen Leute heutzutage 'Girl Talk' oder so nennen."

„Gut, ich verstehe was du mir sagen willst. Es gibt eine Menge Gründe, warum sie scharf auf mich ist. Aber soll ich allen Ernstes mit ihr poppen?"

„Ja, verdammt. Leg die Kleine flach. Wenn du es nicht machst, ist sie nur sauer auf dich und in der heutigen Gesellschaft kann sie dir alles Mögliche andichten und so unser beider Leben zerstören", meinte die Frau.

„Also gut. Aber was ist, wenn ich mit ihr penne und sie dann doch irgend etwas gegen mich... gegen uns unternimmt?"

„Wie heißt sie denn überhaupt?"

„Jenna Swift."

„Na schön. Wenn sie wirklich feindlich uns gegenüber sein sollte, sorgen wir dafür das du ein gutes Alibi hast und dann lege ich sie währenddessen um."

Der Professor lachte. Er glaubte nicht, dass seine geliebte Ehefrau das nun wirklich ernst meinen könnte. Er hatte völlig vergessen, wie vor zwei Jahren ein ihm feindlich gesonnener Kollege per Rundmail erzählt hatte, er hätte sich dem IS angeschlossen. In Wahrheit handelte es sich bei der Mail um eine geschickte Fälschung seiner Frau und der tote Feind lag hinter der Gartenmauer vergraben.

*

Es vergingen wieder ein paar Tage, bis Jenna dazu kam mit Miftis Hilfe einen neuen Versuch bei Professor Müller zu starten. Wieder saßen sie im Hörsaal und lauschten den Worten des Mannes, der sie in Sachen Literatur lehren sollte. Am Ende der Doppelstunde machten Jenna und Mifti sich daran, den Plan zu verwirklichen. „Zweiter Versuch", flüsterte Mifti Jenna zu, als die Studenten begannen den Hörsaal zu verlassen.

„Richtig", entgegnete Jenna ebenso leise und dachte im Bezug auf den Professor: *Du wirst mich lieben.*

Nachdem Mifti die Tür zum Hörsaal hinter sich zu gemacht hatte, begann Jenna damit ihren erneuten Versuch zu starten. „Wissen Sie noch, Professor? Vor ein paar Tagen; als wir so rüde durch den falschen Feueralarm unterbrochen wurden?", fragte Jenna den nun wieder scheinbar in seine Unterlagen vertieften Professor.

Dieser hatte bereits erwartet, dass sie es erneut versuchen würde und er war entschlossen, den Rat seiner Frau zu befolgen. Aber er wollte Jenna erstmal machen lassen, um zu sehen wie weit sie gehen wollte. Also antwortete er nur: „Ja."

„Tja, dann erinnern Sie sich bestimmt auch noch daran, dass Sie meine Frage nicht beantwortet haben, oder? Sie wissen schon; ob Sie gerne mehr sehen würden?"

„Und wenn jemand hereinkommt?", fiel dem Professor ein.

„Keine Sorge. Mifti steht draußen Wache."

„Also weiß Mifti von dem, was Sie hier machen möchten?", fragte Professor Müller, den diese Möglichkeit sehr beunruhigte, denn je mehr Leute davon wussten, desto wahrscheinlicher war es, dass es Tratsch gab.

„Nein, sie denkt, dass ich nur mit Ihnen reden will, um mehr über Ihre Interessen zu erfahren und das dann in meinen Roman für Sie einzubauen."

„Dann solltest du diese kleine Lüge ruhig wahr werden lassen und tatsächlich Dinge in deinen Roman einbauen, die mir gefallen. Wie weit bist du denn mit dem Buch?"

Oh verdammt, dachte Jenna, die noch gar nicht so richtig angefangen hatte.

„Es nimmt langsam Gestalt an", antwortete sie und dachte: *Vielleicht schreibe ich einfach etwas über einen Professor, der etwas mit einer Studentin anfängt. Spielen lasse ich das Ganze in England und ändere die Namen ein wenig...*

„Schön."

„Aber vergessen wir für einen Augenblick das Buchprojekt und schauen uns ein paar interessantere

Dinge an", schlug Jenna vor und knöpfte sich die Bluse auf.

Dabei kam sie dem Professor immer näher, setzte sich schließlich auf seinen Schoß und begann ihn zu küssen. Zuerst war er sich noch ein wenig unsicher. *Soll ich das wirklich tun?*, fragte eine Stimme in seinem Kopf.

Eine andere entgegnete: *Meine Frau hat es mir ja erlaubt; es mir sogar regelrecht befohlen. Ich soll, ja ich muss sogar mit der scharfen Studentin schlafen.*

Also erwiderte er Jennas schmackhaften Kuss und begann damit sie auszupacken. Nackt sah die junge Studentin sogar noch schöner aus. Ihre weichen Brüste lagen gut in der Hand und während er sie küsste und massierte, blieben ihre geschickten Hände auch nicht untätig. Nachdem Jenna ihn aus der Hose befreit hatte, ritt sie den Professor, bis sie beide bekommen hatten was sie so sehr wollten. Sie stöhnte dabei gerade so laut, dass es Müller ansporte, aber immer noch leise genug, dass Mifti draußen sie ihrer Einschätzung zufolge nicht hören konnte. *Meine Güte, ich hoffe wirklich sie hört uns nicht*, dachte Jenna Swift für einen Augenblick während des gemeinsamen Vergnügens, bei dem sie ihre phantastischen Brüste möglichst oft direkt vor dem Gesicht des Professors zur Geltung brachte. Nachdem Jenna das letzte Mal lustvoll gestöhnt hatte und der Professor fast zeitgleich mit ihr gekommen war, meinte sie nur zu ihm: „Wow. Das war schön. Danach habe ich mich seit Wochen gesehnt."

Sie schmiegte sich, noch immer auf ihm sitzend, an ihn an und der Professor sagte: „Danke, Jenna. Das war fabelhaft. Einfach nur wundervoll. Meine Frau hatte völlig recht. Es war definitiv richtig, mit dir zu schlafen."

Da erstarrte Jenna für mehrere Sekunden. Dann fragte sie:

„Wie? Deine Frau? Du bist verheiratet?"

„Äh..., ja. Wusstest du das etwa nicht?"

„Woher sollte ich das wissen? Du trägst keinen Ehering!", rief Jenna entsetzt aus.

„Der ist in der Reinigung. Meine Frau hat meinen und ihren dorthin geben lassen, damit sie etwas aufpoliert werden. Leider trödeln die ewig damit herum und haben sie uns noch immer nicht zurück geschickt. Ich vermute das liegt an..."

„Verdammt! Ich habe mit einem verheirateten Mann gepoppt. Das hätte ich nicht tun dürfen", klagte Jenna.

„Nun beruhige dich. Meine Ehe ist deinetwegen in keinster Gefahr. Wie gesagt, meine Frau hat es mir erlaubt."

„Na immerhin das."

„Du wusstest echt nicht, dass ich verheiratet bin?" Jenna nickte. „Komisch. Eigentlich müsste das doch auf der Universitätswebseite stehen", meinte der Professor.

„Die war nicht zu erreichen, als ich sie vor einiger Zeit aufrief. Sollte wohl überarbeitet werden", fiel Jenna ein.

„Und deine Freundin Mifti, die vor der Tür steht? Wusste die auch nicht, dass ich verheiratet bin?"

„Sie hat es mit keinem Wort erwähnt. Ach, vielleicht sollten wir uns langsam wieder richtig anziehen. Nicht das Mifti eventuell hereinkommt und uns so sieht; kann ja sein, dass ihr unsere 'Unterhaltung' zu lange dauert", sagte Jenna, stand vom Professor auf und zog sich an.

Professor Müller sah der scharfen Studentin beim Anziehen zu. „Du siehst einfach fabelhaft aus", bemerkte er.

„Danke. Und du bist verheiratet", entgegnete Jenna. Während sie sich anzog rasten ihre Gedanken: *Was mache ich denn jetzt? Er hat bereits eine Frau. Wie soll ich ihn denn zu meinem Ernährer machen, wenn er schon eine Dame seines Herzens durchfüttert. Ob er vielleicht Mormone ist? Nein, dann hätte er bis zur Hochzeitsnacht gewartet. Scheiße, was soll ich nun tun? Seine Frau umlegen? Nein, das bringe ich nicht. Ich kenne sie ja nicht einmal und sie hat mir nie irgend etwas Böses getan. Sie hat ja sogar ihrem Mann erlaubt, mit mir zu schlafen. Und was für ein lieber Mann; holt sich erst die Erlaubnis seiner Ehefrau, bevor er eine seiner Studentinnen vernascht... oder besser gesagt sich von ihr vernaschen lässt; schließlich habe ich hier die ersten Schritte unternommen. Na gut, aber vielleicht kann er mir ja zumindest dabei helfen, einen geeigneten Mann zu bekommen. Einen aus seiner reichen Familie.*

Als Jenna angezogen war, sagte sie nur: „Also das hat sehr viel Spaß gemacht. Danke. Wir können das gerne mal widerholen."

Der Professor nickte höflich. Jenna nahm ihre Tasche mit den Unterlagen, lächelte ihm noch einmal zu und verließ anschließend den Hörsaal. Draußen traf sie sogleich auf Mifti.

„Und? Wie war's?", fragte diese.

„Ziemlich gut", antwortete Jenna.

Tatsächlich konnte sie sich über den Beischlaf nicht beklagen. Nur das er verheiratet war, war ein Problem für sie. „Also hast du Neues über den Professor erfahren?"

„Sicher", sagte Jenna.

„Und was so alles?"

„Ein bisschen was über seine Hobbys... oh und das er verheiratet ist."

„Ach, das mit seiner Ehe wusste ich schon."

„Echt? Warum hast du mir das nicht erzählt?"

„Wieso denn? Ist doch nicht so wichtig."

„Äh... doch. Das wäre schon wichtig gewesen."

„Warum denn?", fragte Mifti.

„Na weil..."

Jenna überlegte kurz und setzte dann nach: „Weil ich das doch in den Roman hätte einbauen können. Stell dir vor; eine Geschichte über einen Professor und seine geliebte Ehefrau und die Frau sieht genauso oder zumindest so ähnlich aus wie die unseres Professors."

„Na ob das so eine gute Idee ist", zweifelte Mifti.

„Wieso nicht?"

„Na denkst du denn, jemand will einen Film darüber sehen, wie er Fern sieht?"

„Wie meinst du das?"

„Der Mann trifft seine Frau doch so ziemlich jeden Tag. Er sieht sie und sie sieht ihn. Sie lieben sich gewiss, verbringen Zeit mit einander und so weiter. Aber wie alle Paare braucht jeder von ihnen bestimmt auch Zeit für sich. Für den Professor ist das seine Arbeitszeit. Wenn er dann während der Arbeit ständig seine Frau oder jemanden wie seine Frau vorgesetzt bekommt, ist er bestimmt nicht sonderlich begeistert darüber", vermutete Mifti.

„Da könntest du natürlich recht haben."

„Na siehst du. Das ist wie jeden Tag Pizza essen. Oder wenn ich mir jeden Tag etliche Folgen 'Elena von Avalor' ansehen müsste. Die Serie ist ja ganz in Ordnung, aber ständig damit beschossen zu werden, wäre nicht so toll."

„Hm, die Serie kommt mir irgendwie bekannt vor."

„Lief mal auf dem deutschen Disney-Sender. Oder auf Super RTL, das jetzt RTL Super heißt? Oder auf Nickelodeon, welches jetzt Nick heißt...? Ach, keine

Ahnung. Bei diesen ganzen Sendern, die auch gerne mal ihre Namen ändern, kommt man so leicht durcheinander. Was soll's."

„Erzähl mal; worum geht es in der Serie?", fragte Jenna. Daraufhin begann Mifti zu berichten und Jenna nutzte Miftis Redezeit, um nachzudenken: *Also was soll ich nun genau tun? Heiraten kann ich den Professor wohl eher nicht. Aber ich sollte mein Verhältnis zu ihm pflegen, damit er mich vielleicht irgendwann mit seinen reichen Verwandten bekannt macht und ich mir dann einen von denen schnappen kann. Schlafen möchte er ja weiterhin mit mir und auch für mich ist das kein Problem. Bis eben hatte ich seit Monaten keinen Kerl mehr gehabt und es war schon ziemlich schön. Wir hatten beide unseren Spaß und es hat auch keinem weh getan. Also werde ich es wohl erstmal weiterhin mit ihm treiben, bis der neue Plan klappt. Mal sehen, ob ich ihn vor oder nach einem unserer nächsten Male dazu überreden kann, mich in die höheren gesellschaftlichen Kreise mitzunehmen. Es muss ja nicht einmal unbedingt jemand aus seiner berühmten, reichen Familie Müller sein; wichtig ist nur, dass die Kohle stimmt. Alles andere findet sich dann schon irgendwie. Na gut, und ein anständiger Kerl, der mich wie ein menschliches Wesen behandelt, sollte er auch sein. Aber um diese gesellschaftlichen Themen anzusprechen, muss ich den richtigen Zeitpunkt abpassen, damit Professor Müller nicht denkt, dass ich nur wegen der Kohle bei ihm bin. Gut, es geht mir ja vor allem um die Kohle, aber ich will ja nichts Böses. Weder will ich ihn ausrauben, noch will ich ihn mir schnappen, um dann nach einer Scheidung Geld zu kassieren. Ich möchte lediglich ein sicheres, stabiles Leben in einer unsicheren, instabilen*

Welt. Dafür gebe ich einem Mann das was er will und ich kriege was ich möchte. Ganz einfach, machte sie sich selbst Mut.

Mifti sagte etwas über die Serie, was ihr dem Tonfall nach wichtig erschien und Jenna entgegnete: „Klingt interessant. Erzähl mir mehr."

Daraufhin setzte Mifti ihren Monolog über die Fernsehserie fort. Sie hatten inzwischen das Gebäude verlassen und trotz der warmen Luft sah es etwas nach Regen aus. „Wir sollten uns beeilen. Zu mir oder zu dir?", fragte Jenna mit Blick auf den Himmel.

„Diesmal ruhig zu mir. Ich habe vor heute noch selbstgemachte Pizza zuzubereiten und ich denke es reicht für zwei", schlug Mifti vor.

Jenna war einverstanden.

*

Zunächst schlenderten die beiden hübschen Studentinnen noch durch die Ortschaft, doch als die ersten Regentropfen vom Himmel fielen, beschleunigten sie ihre Schritte. Bei Mifti angekommen, rief Jenna kurz ihre Vermieterin an, um ihr bescheid zu geben, dass sie heute bei ihrer Freundin war und möglicherweise sogar dort übernachtete. Als sie wieder aufgelegt hatte, sagte sie zu Mifti: „Besser wenn sie bescheid weiß. Sie mag mich und ich möchte nicht, dass sie sich Sorgen macht."

„Schon klar."

Jenna blickte aus dem Fenster. Inzwischen regnete es „junge Hunde", wie man in Deutschland so schön sagte.

„Gehen wir in die Küche und fangen mit der Pizza an?",
fragte Mifti.

„Sicher", stimmte Jenna zu.

Die beiden Frauen begaben sich in die Küche und legten
mit der Zubereitung los. „Was machen wir nach der
Pizza?"

„Keine Ahnung", antwortete Jenna, während sie eine
Packung Streukäse für den Belag öffnete.

„Wie wäre es, wenn wir uns einen Film anschauen. Zum
Beispiel 'Romeo und Julia'. Einen Film über junge Liebe.
Ja, ja, junge Liebe ist etwas Schönes. Und so viel
fotogener als alte Liebe", schwärmte Mifti.

„Dafür rostet alte Liebe nicht", meinte Jenna.

„Ach, da fällt mir ein; neulich hatte ich dir doch 'Odette'
gelesen. Wie hat dir das Buch gefallen?", fragte Mifti.

„Sehr gutes Buch. Der Akif Pirincci kann wirklich
mitreißend schreiben."

„Ja, sieht man auch auf seiner Webseite 'Der kleine Akif'."
Jenna kicherte und meinte: „Mir ist schon irgendwie klar,
worauf der Name der Seite anspielt."

„Auf jeden Fall ein toller Autor."

„Schade nur, dass die Liebe so tragisch endet", fand Jenna.

„Schon, aber er hat ja auch geschrieben, dass man sich an
große Liebesgeschichten vor allem deswegen erinnert,
weil sie tragisch enden. Ist halt wie mit dem Zusatz zum
Deutschlandlied: 'Deutschland, Deutschland über alles und
im Unglück nun erst recht. Denn im Unglück wird sich
zeigen, ob die Liebe rein und echt.'", zitierte Mifti.

„Trotzdem wünsche ich mir für die Liebe eigentlich ein
gutes Ende."

„Aber gerade durch die Tragik werden die Dinge
unsterblich. Denk an die Helden von Troja; alle sind sie

draufgegangen; auf beiden Seiten."

„Gar nicht wahr. Der eine Typ, dieser Odysseus hat überlebt und kam wieder nach Hause und der ist in der Geschichte der Menschheit auch unsterblich. Und der andere Typ, der mit dem Schwert aus Troja entwischt ist, soll der Stammvater der Römer oder so geworden sein."

„Der andere Typ?"

„Ja, Mifti. Na dieser andere Typ halt. Der Ännias. Oder Änias. Oder Annanias."

„Ich glaube, das Zweite war richtig."

„Du glaubst? Solltest du das als Literaturstudentin nicht wissen?", fragte Jenna in gespielt ernstem Ton und stemmte die Hände an die Hüften.

„Na du bist doch wohl genauso Literaturstudentin wie ich", wandte Mifti ein.

„Auf jeden Fall sind auch die Helden die überlebt haben in der Geschichte unsterblich geworden", fuhr Jenna mit ihrer Argumentation fort.

„Aber über Geschichten wie Romeo und Julia reden die Menschen noch heute. Welche anderen Liebesgeschichten gibt es noch, die nicht auch tragisch sind?"

Jenna überlegte. Weil ihr erstmal nichts einfiel, erklärte Mifti: „Denk zum Beispiel an 'Sturmhöhe'. Auch das ist eine tragische Liebesgeschichte. Heute interpretieren die Leute das so, dass der tragische 'Held' ein Schwarzer war und deswegen diskriminiert wurde. Ob sie den Schwarzen damit einen Gefallen tun, dass sie dieses Arschloch als Schwarzen interpretieren? Ich bezweifele es. Vielleicht wollen sie sein abartiges Verhalten aber auch rechtfertigen, indem sie die Diskriminierungskarte spielen? Oder aber sie wollen das kriminelle Verhalten einiger Schwarzer heute schönreden, indem sie die Opferrolle nun auch in

der Literatur aus dem vorletzten Jahrhundert verankern."
„Ehrlich gesagt habe ich den Roman nicht gelesen. Ich
war schon damals mit 'Emma' von Jane Austen
überfordert. Zu viele Seiten, auf denen zu wenig
Interessantes passierte. Aber ich muss zugeben, die
Verfilmung von 'Lady Susan' unter dem Titel 'Liebe und
Freundschaft' mit Kate Beckinsale war sehr gut. Kate
spielt darin auch eine ganz wunderbare Frau, die möchte,
dass sie und ihre Tochter gut versorgt sind. Etwas wofür
jeder normale Mensch Verständnis hat. Trotzdem frage ich
mich bei den Austen-Romanen: Warum nicht wenigstens
ab und an ein kleiner Mord? Oder warum hat sie nicht
wenigstens ein paar ihrer Liebesgeschichten vor dem
Hintergrund eines Krieges spielen lassen, sodass es etwas
Action gab?", fragte Jenna.
„Du meinst, wie Karl May es bei einigen seiner Romane
tat; etwa in 'Der Weg nach Waterloo'?"
„Wenn das dort so gemacht wurde; ja, warum nicht?!"
„Keine Ahnung, aber ich habe das Gefühl, du versuchst
vom eigentlichen Thema abzulenken. Wie gesagt: Große,
bekannte, bedeutende Liebesgeschichten enden tragisch.
So auch im Film 'Titanic'."
„Das habe ich ehrlich gesagt nie verstanden. Warum ist er
eigentlich ertrunken? Auf der Tür wäre doch locker Platz
für zwei gewesen; die hätten nur ordentlich
zusammenrücken müssen", fand Jenna.
„Okay, da gebe ich dir recht."
„Danke. Aber dann gib mir doch auch recht, dass nicht alle
großen Liebesgeschichten tragisch enden", forderte Jenna.
„Nur wenn du ein Beispiel hast."
„Na wir waren doch schon bei Odysseus. Der kommt doch
zu seiner treuen Frau zurück und alles wird gut."

„Stimmt schon, aber das ist doch mehr eine Abenteuer- als eine Liebesgeschichte", wandte Mifti ein.

„Wieso denn? Er und seine Frau lieben sich und muss denn eine Liebesgeschichte nur aus Liebesschnulze bestehen?", fragte Jenna.

„Natürlich nicht, aber in der ganzen Geschichte verbringen sie kaum Zeit mit einander. Erst am Ende treffen sie sich wieder."

„Na und? Sie ist ihm über all die Zeit treu geblieben und hat daheim die Stellung für ihn gehalten. Und er hat sich zu ihr durchgeschlagen; das ist doch romantisch", fand Jenna.

„Mag sein."

„Und er hatte eine regelrechte Zeit der Sehnsucht nach seiner geliebten Frau; hat Himmel und Hölle in Bewegung gesetzt, um zu ihr zurück zu kommen. Hat sich mit grauenvollen Monstern angelegt; nur für sie."

„Ja, gut, aber es ist trotzdem keine Liebesgeschichte. Außerdem geht ihr die Liebe oder vielleicht auch nur die Geilheit von Prinz Orlando... pardon Prinz Paris zu Helena voraus. Und diese führt zum Untergang Trojas. Also gäbe es die zweite, gut endende Geschichte nicht ohne die Erste, bei der etliche Leute draufgehen", wandte Mifti ein.

„Das ändert aber nichts daran, dass die zweite Geschichte von Homer gut ausgeht."

„Ja, sie geht gut aus, aber sie gilt in der Literatur eben nicht gerade als Liebesgeschichte. 'Romeo und Julia' hingegen schon."

„Okay, aber der Autor hat doch auch noch andere Geschichten verfasst. Zum Beispiel die, welche mit Julia Stiles unter dem Titel 'Zehn Dinge, die ich an dir hasse' verfilmt wurde. Ich meine mich zu erinnern, dass der

Orginaltitel 'Der widerspenstigen Zähmung' oder so war. Habe ich ehrlich gesagt nie gelesen, aber der Film mit Julia war toll", erinnerte sich Jenna.

„Siehst du, du kennst sogar hauptsächlich den Film. Also ist das schon mal kein allzu gutes Beispiel."

„Unsinn. Auch das ist Teil der großen Literatur. Du kannst doch von niemandem erwarten, dass er alle Liebesromane oder Dramen der Welt kennt. Außerdem willst du das doch nur nicht gelten lassen, weil die Geschichte gut ausgeht", meinte Jenna, während Mifti die inzwischen fertig vorbereitete Pizza in den Ofen schob.

„Ich behaupte ja gar nicht, dass die Geschichte nicht wichtig für das Werk des Autors ist, aber sie ist weder so berühmt noch so bedeutend wie 'Romeo und Julia'. Und ich habe etliche weitere Beispiele, wo die Liebesgeschichten tragisch enden. Zum Beispiel alle neueren Spider-Man-Filme. Egal ob mit M.J. oder mit Gwen; es gibt richtig viel Drama. Gwen ist ja sogar draufgegangen. Und dann mit der anderen M.J., nun das ist ja auch schiefgegangen. Zumindest bis jetzt. War aber ein verdammt guter Film dieser 'No way Home'. Sonst haben die ja richtig viel Mist gebaut, aber bei dem Film hat man sich richtig viel Mühe gegeben und es kam was Ordentliches bei raus."

„Ich kenne den Film, Mifti. Und darf ich dich daran erinnern, dass der Spider-Man und die M.J. im wirklichen Leben ein echtes, glückliches Liebespaar sind?"

„Ja, aber anders als über die tragische Geschichte im Film redet darüber kaum jemand."

„Na gut, aber das muss ja auch nicht sein. Hauptsache die zwei sind glücklich oder? Und es muss ja auch keine große Liebesgeschichte sein; das wichtigste ist doch, dass

es für beide Hälften des Paares gut ist und funktioniert."
„Schon, aber dann wird die Geschichte kaum einer kennen und sie wird nur wenige Leute interessieren", wandte Mifti ein.
„Na und? Dann sind es eben die Wenigen, die zählen. Wie war das denn bei den Romanen des Franzosen Jean Raspail? Sei es 'Sieben Reiter verließen die Stadt', 'Sire' oder 'Der Ring des Fischers'; immer sind es die wenigen Getreuen, auf die es ankommt. Die kleine, wackere Gruppe von Aufrechten, welche die Fackel hoch hält und weiter reicht. Oder es zumindest probiert", erklärte Jenna.
„Gut, aber Raspail schreibt eigentlich keine Liebesromane oder?"
„Er schreibt über die Liebe zu den eigenen Werten."
„Na das ist auch schön", fand Mifti und fügte hinzu: „Früher hätte mich das nicht so sehr interessiert, aber seit dem Entzug bin ich nach einer neuen Droge süchtig: Patriotismus."
Sie lachte und Jenna fiel etwas ein: „Aber gehen nicht zumindest zwei 'Spider-Man'-Filme gut aus? Am Ende des zweiten mit Toby ist er doch mit Kirsten alias M.J. zusammen oder?"
„Schon, aber im Dritten tut er ihr ganz schön weh finde ich. Aber sag mal, welches wäre dann der zweite? Der mit der Echse? Ich meine, da ist der Vater des Mädchens draufgegangen; groß romantisch was das eigentlich nicht."
„Nein, ich rede von dem von 1977."
„Was zum...? Es gibt einen Spider-Man-Film von 1977?", wunderte sich Mifti.
„Ja, man kann ihn gratis auf youtube schauen."
„Warum weiß ich davon nichts?"
„Tja... um ganz ehrlich zu sein... ich wollte dich ein

bisschen reinlegen."

„Hä? Also gibt es den Film doch nicht?", fragte Mifti.

„Doch, aber Spider-Man und das Mädchen haben nicht so richtig was am Laufen. Er mag sie offenbar und hilft ihr, aber von großer Romantik kann keine Rede sein."

„Na gut, aber du hättest mich damit gekriegt. Zumindest bis ich mir den Film angesehen hätte."

„Zugegeben, der Film ist nicht sonderlich gut..."

„Verstehe. Im Fernsehen wird der wohl eher nicht laufen; höchstens bei 'SchleFaZ'."

„Was ist das?", fragte Jenna.

„Da haben sie mal die schlechtesten Filme aller Zeiten gezeigt und kommentiert. Leider wurde das Format eingestellt; aber wer weiß, vielleicht beleben sie es dieses Jahr ja auf einem anderen Sender wieder", hoffte Mifti.

„Das klingt als ob du ein Herz für Schundfilme hättest."

„Irgendwie schon", gab Mifti zu.

„Sag, wie lange braucht die Pizza noch?"

„Ich schätze ungefähr zwanzig Minuten."

„Dann sollten wir uns vielleicht wirklich irgendeinen Schundfilm aus dem Netz suchen und den schauen. Immerhin ist bei solchen Filmen offensichtlich, dass man uns Mist vorsetzt; die Nachrichten gauckeln uns ja Seriösität vor und sind dabei dermaßen verlogen. Habe schon gemerkt, dass das hier in Deutschland genauso ist wie in England", stellte Jenna fest.

„Gut, sehen wir uns einen Film an, sobald die Pizza fertig ist. Wir halten also fest: Du willst eine Liebesgeschichte mit einem glücklichen Ende haben."

Jenna nickte zustimmend. „Tja, dann solltest du so eine auch für den Professor schreiben. Es soll ja schließlich von dir kommen; praktisch aus deinem Herzen", fand Mifti.

Wobei der Professor sich mehr für das interessiert, was sich über meinem Herzen befindet, dachte Jenna.

Zu Mifti sagte sie: „Gut. Meine Geschichte endet glücklich."

Hoffe ich zumindest. Aber um fair zu sein; der Professor interessiert sich für den Inhalt meiner Bluse und ich mich für den seiner Hose; für seine Brieftasche. Wobei... jetzt ja eher für die Adressen seiner reichen Freunde auf seinem Handy... eigentlich sollte ich mich zumindest ein bisschen dafür schämen...

Mifti riss sie wieder aus ihren Gedanken: „Hast du schon eine Idee, welchen Schrottfilm wir uns ansehen sollen?"

„Keine Ahnung. Wir können uns ja mal etwas im Netz umsehen, während wir darauf warten, dass der Ofen die Pizza fertig macht."

Also schauten sich die beiden Studentinnen etwas um und kamen schließlich bei dem Film „Evil Toons-Flotte Teens im Geisterhaus" an.

„Klingt gut. Und David Carredine spielt offenbar auch mit. Das ist immerhin ein Pluspunkt", meinte Jenna.

„Das hat bei schlechten Filmen nichts zu sagen. Da sind öfter mal richtig gute Schauspieler dabei", merkte Mifti an.

„Na ja, auf jeden Fall ist er kein Ausschlusskriterium."

„Wir könnten uns auch einen Dinosaurierhorrorfilm anschauen. Oder eine Serie mit Dinos", schlug Mifti vor.

„Ach komm, jetzt haben wir den Toon-Film doch schon anvisiert. Lass uns den schauen."

„Na gut. Bin ja eigentlich auch dafür; wollte nur noch Alternativen ins Spiel bringen."

„Klasse. Dann also der mit den bösen Toons."

„Böse Toons. Das erinnert mich an den Oberschurken aus

der ersten Staffel von 'Yu-Gi-Oh'."

„Ach ja, über das Spiel hatten wir uns ja auch mal unterhalten", erinnerte sich Jenna.

„Genau. Da gibt es ja auch eine Serie zu, und in der ersten Staffel hat der Bösewicht ein Toon-Monster-Deck gespielt. Das kam in der Serie superstark rüber, aber im realen Leben kann man damit nur schwer ein Kartenduell gewinnen. Na ja, eigentlich war die erste Staffel, die bei uns in Deutschland herauskam eigentlich die zweite Staffel. Die echte erste Staffel drehte sich nur zum Teil um das Kartenspiel und der Held kam viel böser herüber und deswegen wurde die erste Staffel wohl nie bei uns gezeigt. Auf jeden Fall kamen bei dem weißhaarigen Oberschurken jede Menge Toon-Monster vor und ich hoffe, das ist in diesem Film auch der Fall. Übrigens: Der Schurke sah aus wie irgendwas Ende 40 und war laut dem Netz aber erst 24. Und dann die Zensur; statt Wein haben sie ihn zum Käse 'Fruchtsaft' trinken lassen und seine Handlanger hatten keine Knarren, sondern haben auf ihre Gegner mit dem Finger gezeigt."

„Er war erst 24 und sah aus wie Ende 40?", fragte Jenna.

„Ja, lag wohl daran, dass er dauernd nur Käse gefuttert und Fruchtsaft getrunken hat. Abwechselungsreiche Ernährung ist eben eine wichtige Sache. Aber zumindest in der Yu-Gi-Oh-Animeserie sahen einige seiner Toon-Monster echt krass aus. Das 'Tausendäugige Opfer' zum Beispiel. Mal sehen ob die Toons in dem 'Evil Toons'-Film auch so heftig sind. Ich bin gespannt."

*

Nach dem Film war Mifti nicht mehr gespannt. „Mann! Was war denn das?! Es gab nur ein lausiges Toon-Monster im ganzen Film! Und das Ding sah nicht mal richtig krass gefährlich aus!", rief sie genervt am Ende aus.

„Na ja, für manchen wäre das hier trotzdem der perfekte Film", bemerkte Jenna.

„Wieso? Für wen?"

„Na für Männer. Jede Frau in dem Film zeigt den Zuschauern ihre Möpse. Für einen Hetero-Mann ist das der perfekte Film. Das und jeder andere, in dem hübsche Damen zeigen was sie zu bieten haben", erklärte Jenna.

„Da magst du recht haben, aber der Film ist trotzdem schlecht."

„Natürlich ist er schlecht. Deswegen haben wir ihn uns doch angeschaut", wandte Mifti ein.

„Trotzdem; ich gehe an solche Filme immer mit der Idee heran, dass es auch in ihnen ein paar Perlen gibt."

„Dort gab es jede Menge 'Perlen' und wir haben sie alle oben ohne gesehen."

„Toll. Sag, wusstest du das vorher?"

„Nein. Natürlich nicht. Aber ich kann über den Film lachen."

„Ich doch auch, Jenna. Zumindest ein wenig. Trotzdem hätte ich mir mehr gefährliche Monster gewünscht."

„Na ja, ein paar 'Monsterdinger' gab es doch", scherzte Jenna.

Da musste Mifti lachen. Sie stand auf und sagte: „Ich denke, nach der Pizza bräuchte ich nun etwas Obst."

„Wir hatten doch eben Obst. Im Film gab es Äpfel, Melonen..."

„Schon gut! Mensch, Jenna!", rief Mifti aus und musste

dann wieder lachen.

Jenna grinste. Dann warf sie einen Blick auf die Uhr. Draußen war es nun doch schon ziemlich dunkel geworden. „Was meinst du? Sollte ich heute nacht lieber hier übernachten? Gewiss, hier ist es sicherer als in London, aber trotzdem..."

„Hm. Ich würde sagen, wir gehen kein Risiko ein. Schlaf lieber bei mir", meinte Mifti.

Also rief Jenna ihre Vermieterin an und teilte ihr das mit der Übernachtung kurz mit. Diese wünschte ihr viel Spaß. Als Jenna aufgelegt hatte, bemerkte Mifti: „Es ist zwar schon dunkel draußen, aber so richtig spät ist es eigentlich noch nicht. Im Prinzip könnten wir uns ruhig noch einen Film anschauen. Was meinst du?"

„Klar. Bin dabei. Sag, hast du noch Saft im Kühlschrank?", fragte Jenna.

„Nein. Und jetzt wo ich gerade nachsehe, stelle ich mit großem Bedauern fest, dass im Kühlschrank überhaupt keine Getränke mehr sind. Wollen wir kurz in den 'Tante-Emma-Laden' gehen und welche holen? Er ist gleich im Haus gegenüber und hat noch knapp 40 Minuten offen", schlug Mifti vor.

„Einverstanden. Ziehen wir los."

„Na ja, eigentlich könntest du auch kurz hier warten; immerhin dauert es nicht lange..."

„Ach was. Muss nicht sein. So lerne ich den Laden wenigstens mal kennen."

„Hast recht. Außerdem leben wir in Zeiten, in denen man als junge Frau schon ein wenig gefährlich lebt, wenn man im Dunkeln nur mal allein über die Straße geht. Alles was in den vielfältigen westlichen Großstädten scheiße ist, schwappt nach und nach auch in die ländlichen

Gegenden", stellte Mifti fest.

Mit diesen Worten ging sie in den Flur und zog sich ihre Jacke an. Jenna folgte ihr. Mifti checkte noch einmal das Pfefferspray und zeigte es ihrer Freundin vor um zu signalisieren, dass sie zumindest ein wenig bewaffnet war. „Natürlich nur zur Abwehr wilder Tiere... falls ein Beamte fragen sollte", sagte sie und grinste.

Jenna nickte und die beiden zogen los, um den Tante-Emma-Laden zu besuchen. Während des kurzen Gangs über die Straße passierte nichts. Drinnen angekommen hatten die beiden Studentinnen rasch alle nötigen Getränke beisammen. Da Mifti bezahlte, war Jenna so anständig das Zeug zu tragen. Dabei rempelte sie versehentlich eine ihr unbekannte Frau an und entschuldigte sich sogleich höflich. „Ach, ist ja nichts passiert", winkte die Dame ab. „Ein Glück."

„Sie kaufen aber viele Getränke ein."

„Na ja, der Kühlschrank meiner Freundin ist alle", erklärte Jenna und zeigte auf Mifti, die von der Unterhaltung im Moment noch nichts mitbekam und sich gerade ein paar Kekse anschaute.

Sie überlegte, ob sie diese ebenfalls kaufen sollte. Mifti entschied sich dagegen und sah sich nun eine andere Marke an. „Sagen Sie, ich sehe Sie zum ersten Mal hier in der Stadt. Sind Sie auf Urlaub hier?", fragte die Frau.

„Nein, ich studiere hier. Literatur und Philosophie", antwortete Jenna.

„Ah, wie schön. Bei wem denn?"

„Bei Professor Müller."

„Und sind Sie zufrieden mit seinem Unterricht?"

„Aber ja. Ein sehr guter Lehrer, der großartig auf die Bedürfnisse seiner Studenten eingeht", lobte Jenna den

Professor.

„Das freut mich zu hören; ich bin nämlich zufällig seine Ehefrau."

Für eine Sekunde erschreckte sich Jenna, ließ sich aber nach außen nichts anmerken. Zumindest glaubte und hoffte sie darauf, dass sie sich nach außen nichts hatte anmerken lassen. „Freut mich, Sie kennenzulernen. Ich bin Jenna Swift", sagte sie und reichte der Dame die Hand. Diese ergriff sie ohne zu zögern und schüttelte sie freundlich. *Also weiß sie wohl nicht, wer ich bin. Zumindest nicht dem Namen nach, denn er hat ja ihre Erlaubnis bekommen*, dachte Jenna.

Die Dame ließ ihre Hand wieder los und flüsterte geheimnisvoll: „Freut mich ebenfalls, Sie kennenzulernen. Dann schlafen Sie nun also auch mit meinem Mann."

„Äh... ja. Aber ehrlich gesagt..."

„Ach, wissen Sie; ich war früher auf vielen Demos. Habe gegen den Krieg und für die freie Liebe demonstriert. Inzwischen haben sich viele derjenigen, die damals mitliefen von Friedenstauben in Kriegsfalken verwandelt und das mit der 'freien Liebe' haben sie auch über Bord geworfen. Stattdessen treiben sie Keile zwischen die Geschlechter, erfinden Regeln und Gesetze, die selbst den früheren Puritanern zu weit gingen. Männer und Frauen sollen vor dem Beischlaf Verträge unterzeichnen, dass alles einvernehmlich ist. So ein Schwachsinn. Und dann gilt es für manche schon als Straftat, wenn ein Mann eine hübsche Frau auch nur ansieht. Die Welt wird immer verrückter. Wenn es Sie glücklich macht, mit meinem Mann zu schlafen, dann tun Sie es ruhig", winkte die Ehefrau des Professors ab und lachte dabei.

In Gedanken fügte sie jedoch hinzu: *Aber wehe Sie*

nehmen ihm dadurch seine gut bezahlte Arbeit und mir meine Lebensgrundlage weg. Dann können Sie aber was erleben.

„Ähm... trotzdem sollten wir das nicht so an die große Glocke hängen. Die Uni sieht das gewiss nicht gerne", meinte Jenna und schaute sich dabei um, ob sie jemand belauschte.

Aber niemand hörte zu und Mifti stand mehrere Meter weit weg und konzentrierte sich darauf, die Inhaltsangaben einer Keksverpackung zu studieren. „Da haben Sie völlig recht. Also halten wir das was Sie und mein Mann so treiben lieber geheim. Aber geben Sie's ruhig zu; er ist gut, oder?"

„Ist er", stimmte Jenna der Ehefrau zu.

„Na dann viel Spaß Ihnen beiden", sagte sie, klopfte Jenna freundlich und sanft auf die Schulter, fügte noch ein „Ich muss jetzt los; schönen Abend noch" hinzu und ging zur Kasse.

Jenna gesellte sich wieder zu Mifti, die sich nun entschieden hatte die Kekse zu nehmen. Sie tat sie in den von Jenna getragenen Korb. „Haben wir dann alles?", fragte Jenna.

„Ja. Gehen wir bezahlen", antwortete Mifti.

Also gingen auch sie nun zur Kasse, bezahlten und spazierten im Anschluss wieder zu Mifti nach Hause. Dort wurde erstmal ausgepackt und dann ging es weiter mit dem nächsten Schrottfilm.

*

Ein paar Tage später ging Jenna Nachmittags alleine durch die Stadt spazieren. Sie wollte sich einmal das örtliche Kino ansehen, um zu erfahren wie es so aussah und was für Filme dort liefen. Im Eingangsbereich des Gebäudes, in dessen Erdgeschoss sich das Kino befand, stieß sie beinahe mit Professor Müller zusammen. „Na so was, Jenna. Wie geht's dir?", fragte er sie ein wenig verlegen. „Gut. Sie wollen auch ins Kino?", fragte Jenna und dachte eine Sekunde später: *Dumme Frage. Sonst wäre ich wohl kaum mit ihm zusammen gestoßen.*

„Ja, es liegt auf meinem Weg. Ich will etwas einkaufen und bei der Gelegenheit hole ich mir ein Programmheft. Mal sehen, was diesen Monat in unserem kleinen aber feinen Kino so alles läuft."

„Schön. Vielleicht sollte ich auch ein Heft mitnehmen", entschied Jenna.

„Klar, warum nicht?"

Also gingen sie gemeinsam hinein. Die kleine Empfangshalle war völlig leer, aber auf einem Tisch lag ein Stapel Programmhefte. Jenna und der Professor wollten sich gleichzeitig eines greifen, wobei sich ihre Hände berührten. Jenna lächelte ihn ein wenig verlegen an. Dann fiel ihr etwas ein: „Sie kennen das Kino hier ja sehr gut. Sind die WC's hier sauber?"

„Sicher. Warum fragst du?"

„Na ja, hier kommen bestimmt nicht allzu viele Leute vorbei."

Jenna blickte sich um. Ihr Blick fiel auf eine Tafel und sie las, dass der nächste Film erst in einer Stunde anfing. Sie deutete auf die Tafel und meinte: „Wir haben eine ganze Stunde Zeit, bis hier vielleicht ein paar Leute eintrudeln. Wir könnten uns auf eines der Klo's verziehen und dort unseren Spaß haben."

Da hatte der Professor nichts dagegen. Unauffällig, falls sie doch von irgendwo jemand beobachtete, gingen sie in Richtung der Klo's und schlüpften beide durch die Tür zum Herren-WC. Tatsächlich war es dort blitzsauber. Schnell verzogen sie sich in die hinterste der Kabinen, verschlossen die Tür und fielen über einander her. Jenna hatte zum Glück einen Minirock an, sodass der Professor leichtes Spiel hatte. Er hob sie ein Stück hoch, sie hielt sich an der Türklinke und am Professor fest und wurde wild und leidenschaftlich von ihm geküsst. Müller drückte das Mädchen gegen die Klotür und hielt sie mit einer Hand fest, während er mit der anderen seine Hose öffnete. Jennas Rock wurde fast wie von selbst hochgeschoben. Sie schlang ihre Beine um ihn, er schob ihre Unterwäsche ein wenig beiseite und begann damit sie kräftig zu vögeln. „Oh ja!", stöhnte Jenna, während er sie nahm.

Es bumste sie und trieb es so wild mit ihr, dass die ganze Kabine wackelte. Dem Professor fiel das auf und er befürchtete: „Was wenn wir die Kabine aus Versehen kaputt machen?"

Dabei verlangsamte er sein Tempo, was Jenna dazu brachte zu fordern: „Mir egal. Hör bitte nicht auf!"

Also rammelte Müller seine Jenna weiter und brachte sie nach wenigen Minuten zum Höhepunkt. Er selbst hatte jedoch noch nicht gekriegt was er wollte, also sank Jenna nach ihrem Kommen auf die Knie und brachte das Ganze zu Ende.

Ein paar Minuten später richteten sie ihre Kleidung und Jenna bedankte sich für die schnelle Nummer. „Ich habe zu danken", entgegnete der Professor und fügte in

Gedanken hinzu: *Dir und meiner Frau, dass sie damit einverstanden ist. Von mir aus wäre das nicht so gelaufen, aber ich freue mich, dass ich jetzt zwei tolle Frauen habe.*

„Kein Problem", meinte Jenna.

„Gut. Dann sollten wir jetzt langsam gehen. Wir haben zwar noch viel Zeit, aber ..."

Weiter kam der Professor nicht, denn in diesem Moment wurde die Tür zu den Kloräumen aufgerissen und etwa sieben oder acht Leute stürmten hinein. Ruck zuck waren alle Kabinen besetzt und in den Räumlichkeiten herrschte ziemlicher Lärm. Es war schwer zu sagen, ob es sich um eine Oberschulklasse oder eine Studiengruppe handelte. Aber diese Frage wurde rasch beantwortet, als einer der Typen meinte: „Unsere Frau Professor ist völlig bekloppt. Lässt uns fast eine Stunde zu früh für einen Film antanzen."

„Du sagst es, Kamerad", stimmte jemand zu.

„Genau!", rief ein Dritter von einer der Kabinen aus.

Oh mann. Hoffentlich erwischt uns hier keiner, dachte der Professor.

So ein Mist. Warum muss deren dumme Professorin sie so früh herbestellen?, beschwerte sich Jenna im Geiste.

Nach ein paar beunruhigend langen Minuten war die Truppe mit ihrem Geschäft fertig und zog ab. Als sie sicher war, dass alle draußen waren, fragte Jenna: „Und was machen wir jetzt?"

„Tja..., rausgehen können wir noch nicht. Zumindest nicht zusammen. Ich könnte hinausgehen und du könntest hierbleiben. Klar, das ist es: Wenn ich jetzt gehe und du machst hinter mir zu, könntest du noch so zehn oder zwanzig Minuten warten und dann vom Klo verschwinden. Selbst wenn dich dann jemand sieht und anspricht, sagst du einfach, du hättest dich beim Hineingehen in der Tür geirrt."

„Aber was ist, wenn die Gruppe von eben und noch viel mehr Leute draußen im Eingangsbereich herumstehen und die Klotüren die ganze Zeit über sehen? Meinst du, die merken dann nicht, dass ich nicht an ihnen vorbei hineingegangen bin?", gab Jenna zu bedenken.

„Ob die darauf achten?"

Der Professor überlegte einen Augenblick. „Du hast recht. Es ist ein zu großes Risiko. Warte mal; das Fenster", fiel ihm auf.

Er griff nach dem Fenster über der Kloschüssel und probierte, ob er es öffnen konnte. Tatsächlich ging es auf, aber es führte auf einen umzäunten Hinterhof. „Mist", schimpfte Professor Müller.

„Also geht es da auch nicht raus?"

„Leider nein. Wir müssen uns etwas anderes einfallen lassen."

„Aber was?"

„Ich hab's. Ich gehe als erstes raus und schaue mich um, ob und wenn ja wo die Studenten herumlungern. Dann komme ich wieder und wenn ich dir grünes Licht gebe, verlässt du das Herrenklo. Wir gehen dann getrennt und in einigem Abstand aus dem Gebäude hinaus. Du gehst als Erstes und ich schlage in der Kabine noch etwas Zeit tot."

„Einverstanden", stimmte Jenna zu.

„Also gut", sagte er, gab Jenna einen Kuss und verließ die Kabine.

Sie schloss hinter ihm wieder ab und er ging hinaus.

Draußen lungerte niemand herum. Sie waren alle entweder schon in den Filmvorführsaal oder wieder an die frische Luft gegangen, um abzuwarten, dass es tatsächlich drinnen los ging. Ein kurzer Blick durch die Glastür genügte, um zu sehen, dass sie draußen warteten. Der Professor ging wieder auf das Herrenklo und informierte Jenna. Die junge Studentin gab ihm einen Abschiedskuss und machte sich auf den Weg. Während sie das Gebäude verließ, holte Müller sein Handy hervor und begann damit irgendein Farmspiel zu spielen, um die Zeit totzuschlagen.

Jenna spazierte währenddessen gelassen an der Gruppe von Studenten vorbei. Sie vermutete, dass die Leute auch auf ihre Universität gingen, aber sie erkannte keinen von denen wieder. Es grüßte sie auch niemand, sodass sie sich in ihrer Vermutung bestätigt sah. *Na ja, an der Uni sind auch etliche Studenten. Da kann unmöglich jeder jeden kennen*, dachte Jenna und schlenderte gelassen von dannen.

Sie begab sich erstmal zurück zu ihrem Zimmer. Dort angekommen wurde sie sogleich freudig von ihrer Vermieterin begrüßt. Diese hatte bei einem Rubbellos im Tante-Emma-Laden zehn Euro gewonnen und feierte das mit einem Glas Fanta. Jenna stieß natürlich gerne mit ihr an. „Ich habe irgendwie meistens Glück mit den Rubbellosen. Meistens bekomme ich ein oder zwei Euro bei den Losen für einen Euro. Diesmal sogar zehn!", freute sich die Vermieterin.

„Das ist wunderbar", entgegnete Jenna.

„Ursprünglich war ich ja eher weniger an solchen Glücksspielen interessiert, aber es ist auch irgendwie eine Unterstützung für die Ladenbesitzerin. Die bekommt ja Geld für die verkauften Lose und so. Und der Laden muss sich schließlich über Wasser halten; es gibt in Deutschland schließlich nicht mehr allzu viele solcher kleinen, in der Region verwurzelten Geschäfte. Der Mittelstand hat auch ganz schön unter diesen bescheuerten Virusmaßnahmen gelitten."

„Wohl wahr", stimmte Jenna zu.

„Aber genug von mir. Was gibt es neues im Leben von Jenna Swift?"

„Nicht viel. Habe mir mal das örtliche Kino angesehen. Sehr schön. Vielleicht schaue ich mir bei Zeiten dort mal einen Film an."

„Sehr schön."

Die beiden Frauen unterhielten sich noch eine Weile und später ging Jenna auf ihr Zimmer und setzte sich an ihre Literaturprojekte.

Kapitel 3: Mord im Schwimmbad

Ein paar Tage später trat Mifti an Jenna mit einer Idee heran. „Was hälst du davon, wenn wir mal ins Schwimmbad gehen? Es ist inzwischen deutlich wärmer und laut Wetterbericht wäre morgen ein guter Tag zum schwimmen."

„Gute Idee. Dann kaufe ich mir heute einen Badeanzug und wir gehen morgen ins örtliche Schwimmbad. Wusste gar nicht, dass es hier in der Gegend eines gibt."

„Gibt es auch nicht", entgegnete Mifti.

„Oh. Und wo ist es dann?", fragte Jenna.

„In der Nachbargemeinde. Wir müssen bloß zwanzig Minuten mit dem Bus fahren. Habe ich mir alles im Internet angeschaut. Der Eintritt ist auch recht günstig; nicht das das für mich eine Rolle spielt, aber man muss sein Geld ja nicht zum Fenster hinauswerfen. Sicher ist es dort auch; jedenfalls gab es dort laut dem Netz bisher keine Übergriffe wie wir sie aus Großstadtschwimmbädern a'la Columbiadamm in Berlin oder so kennen..."

„Gut zu wissen."

„Also dann bist du einverstanden? Super. Ich hole dich morgen um 11:00 Uhr bei dir zu Hause ab und wir machen uns auf zum Schwimmbad."

Jenna nickte und Mifti wechselte das Thema. „Übrigens..., weißt du schon das Neueste aus Irland? Die gute Sarah O'Buffy hat doch tatsächlich...", setzte Mifti zu einem halbstündigen Vortrag über Neuigkeiten aus Irland an. Jenna hörte ihr so aufmerksam wie möglich zu.

*

Am nächsten Tag schien die Sonne nicht nur sehr hell,
sondern spendete tatsächlich auch viel Wärme. Es war
eine angenehme Wärme; gut, um entspannt in der Sonne
zu liegen, aber gleichzeitig nicht so heiß, dass man sich
einen üblen Sonnenbrand holen würde.
Mifti holte Jenna zur vereinbarten Zeit ab und sie gingen
zur Bushaltestelle. Dort kam der Bus sogar fast pünktlich.
Er verspätete sich lediglich um eine Minute, was Jenna aus
London und Mifti aus Berlin so gar nicht gewohnt waren.
Die Fahrt in die Nachbargemeinde war sehr entspannt.
Jenna und Mifti waren über mehrere Stadtionen die
einzigen Fahrgäste. Als sie die richtige Haltestelle
erreichten stiegen sie aus und spazierten gelassen noch
ungefähr 500 Meter zum Schwimmbad. Dann fiel Mifti
auf, dass sie in die falsche Richtung spaziert waren und sie
gingen etwas weniger gelassen einen Kilometer zum
Schwimmbad.
Dort angekommen zahlten sie ihren Eintritt, gingen in die
Umkleidekabinen, zogen sich um, duschten noch einmal
kurz und begaben sich anschließend ins Becken. Außer
ihnen waren noch ungefähr zwölf andere Badegäste im
Becken. Mifti und Jenna schwammen ein paar Bahnen und
probierten dann die Rutsche aus. Kreischend rutschten sie
hinunter und landeten mit geschlossenen Augen im
Wasserbecken. Das machten sie ein paar Mal und
entspannten sich im Anschluss wieder etwas im
Nichtschwimmerbereich, wo man im Wasser stehen
konnte. Dann meinte Jenna plötzlich von weitem Professor

Müller zu sehen. Sie machte Mifti auf ihn aufmerksam und die beiden winkten ihm freundlich zu. Aber der Professor reagierte nicht. „Er hat uns wohl nicht gesehen", schätzte Mifti.

„Ob er mit seiner Frau hier ist?", überlegte Jenna und schaute sich nach ihr um.

Aber sie war nirgendwo zu sehen. *Wenn er mich und Mifti nicht gesehen hat, müssen wir ja jetzt nicht unbedingt zu ihm hingehen. Wir sehen ihn ja bald in der Uni und bumsen kann ich hier im Schwimmbad sowieso nicht mit ihm. Na ja... höchstens in den Umkleidekabinen, aber dann ist da immer noch die gute Mifti; also geht es wohl nicht*, dachte Jenna.

Inzwischen war der Professor auch nicht mehr zu sehen. Dafür kamen einige weitere Gäste ins Schwimmbad und es begann langsam voller zu werden. „Ist ja doch recht gut besucht für ein Schwimmbad auf dem Lande", bemerkte Mifti.

„Stimmt."

„Sag mal, hast du Lust auf ein Eis? Ich lade dich ein", bot Mifti an.

„Klar. Gerne."

Also verließen die beiden das Becken und gingen sich ein Eis kaufen. Mit dem Eis spazierten sie dann eine Weile über das Gelände. Dann war es auch schon alle und weil viele Leute nach nur einem Eis nicht einfach aufhören können, spendierte Mifti Jenna und sich selbst ein Weiteres. Mit ihren zweiten Eisen in der Hand schlenderten sie über die angenehm warme Erde. Dabei kamen sie nach einer Weile auch zu ein paar Bäumen. „Da im Schatten. Ist das nicht Professor Müller?", fragte Mifti und zeigte auf den dort liegenden Mann.

„Ich glaube schon."
„Na wenn wir ihm jetzt doch noch mal über den Weg
laufen, sollten wir zumindest 'hallo' sagen", beschloss
Mifti und rief: „Hallo Professor!"
Doch sie erhielten keine Antwort. Als sie näher an ihm
dran waren, stellten sie fest, dass er sich nicht bewegte.
Und das ein Messer in ihm steckte. „Ach du Scheiße!",
schrie Mifti.
„Hol dein Handy! Ruf einen Krankenwagen!"
Aber das Messer in der Brust deutete klar darauf hin, dass
jede Hilfe zu spät kam. Mifti und Jenna kreischten vor
Panik so laut, dass mehrere Leute angelaufen kamen.
Einer rief dann sofort die Polizei.

*

Mit der Polizei kamen standardmäßig auch die Leute mit
dem Krankenwagen. Sie konnten wenig überraschend
nichts mehr für den Toten tun. Aber immerhin kümmerten
sie sich etwas um die völlig verstörten Studentinnen.
Besonders Jenna war total fertig. Zuerst hatte sie ohne
Ende geweint und nun saß sie einfach nur ganz still da und
ließ ihre Vitalfunktionen von einem der Notärzte
untersuchen, während die Leiche abtransportiert wurde.
Die anwesenden Polizisten hatten aus der nächstgelegenen
Großstadt Verstärkung angefordert, um das Gelände
abzusuchen, alle anwesenden Zivilisten als Zeugen zu
befragen, zur Uni zu fahren, dort nachzuforschen und
vieles mehr zu tun, wofür ihnen im Landkreis das Personal
fehlte. Zwei der Beamten lebten schon ihr ganzes Leben in

der Gegend und kannten den Professor. „Ich war sogar bei ihm auf der Uni. Ein feiner Kerl. Schade das er tot ist", meinte einer.

„Na komm. Du darfst das nicht zu sehr an dich heranlassen. Im Übrigen müssen wir noch seine Witwe informieren."

Während sich also ihre Kollegen um den Tatort und die eventuellen Zeugen kümmerten, fuhren die beiden zum Haus des Professors. „Diesen Teil meines Jobs hasse ich. Bin froh, dass wir das nicht allzu oft machen müssen", murmelte der eine, während sie den kleinen Weg zur Haustür zurücklegten.

„Jedes Mal ist ein Mal zu viel", entgegnete sein Kollege. „Ich frage mich, wer ein Motiv haben könnte, so einen netten, umgänglichen Kerl zu ermorden? Das es Mord ist, steht ja außer Frage. Er hat sich das Messer schließlich nie im Leben selbst so in die Brust gerammt."

„Keine Ahnung."

Einer der beiden Beamten klingelte. Nach etwa einer Minute kam die Frau des Professors an die Tür und machte diese auf. „Sie wünschen?", fragte sie die beiden uniformierten Beamten.

„Es tut uns leid, aber wir haben schlechte Nachrichten für Sie", begann der eine.

„Oh Gott! Was ist passiert?"

„Ihr Ehemann wurde ermordet."

„Was?! Das kann gar nicht sein!"

„Leider doch. Wir haben seine Leiche im Schwimmbad gefunden."

„Nein! Das ist unmöglich!", rief die Frau aus.

„Es tut uns sehr leid, aber Ihr Mann ist tot."

„Blödsinn!"

„Hören Sie, es hilft nichts diese Tatsache zu leugnen..."
„Hören Sie auf mit diesen blöden Witzen! Sind Sie überhaupt echte Polizisten?!", schrie die Frau des Professors.
„Aber natürlich."
Die beiden Beamten zeigten ihre Dienstmarken vor. „Dann ist heute wohl so etwas wie der erste April oder so was?!"
„Wie? Aber nein. Sehen Sie, Ihr Verlust tut uns sehr leid, aber..."
„Verlust?! Sie reden Unsinn! Mein Mann sitzt in der Küche! Ich habe eben noch mit ihm gesprochen und erst vor knapp zwei Minuten damit aufgehört, als Sie geklingelt haben!", rief die Dame.
„Wie? Aber das kann nicht sein", meinte einer der Beamten.
„Bitte! Wenn Sie mir nicht glauben, dann kommen Sie mit ins Haus und überzeugen sich selbst."
Mit diesen Worten drehte sie sich auf der Türschwelle um und ging ins Haus. Die beiden Polizisten folgten ihr.

In der Küche angekommen stellte sich diese als leer heraus. „Schatz? Schatz! Wo bist du?!", rief die Ehefrau. *Sie möchte es nicht wahrhaben*, dachte einer der Uniformierten.
Der andere Polizist vom Lande meinte: „Sollen wir vielleicht jemanden für Sie anrufen?"
„Nein! Er war eben noch hier! Schatz!", schrie die sonst so gelassene Frau.
Da erklang aus einem der nahegelegenen Räume eine Klospühlung. Dann hörte man, wie sich jemand die Hände wusch und eine Minute später kam Professor Müller in die Küche zurück. „Ja? Was ist denn? Entschuldige, dass ich

nicht geantwortet habe, aber ich war da drinnen ein wenig ... äh... beschäftigt", sagte der Professor.

An die Beamten gewandt fragte er: „Was können wir für Sie tun?"

„Die beiden Herren meinten, du wärst ermordet worden", verkündete seine Frau.

„Oh. Wo wurde ich denn ermordet?", fragte der Professor.

„Im Schwimmbad. Aber das waren offensichtlich nicht Sie."

„Allerdings sieht der Tote Ihnen zum Verwechseln ähnlich. Haben oder hatten Sie vielleicht einen Zwillingsbruder?", fragte der andere Polizist.

„Nicht das ich wüsste", antwortete der Professor.

„Also sowas", murmelte einer der Beamten und krazte sich am Hinterkopf.

„Gut. Nun da wir alle wissen, dass mein Mann noch am Leben ist... könnten Sie dann bitte wieder gehen? Wir wollten uns einen netten Abend machen und Sie haben uns einen ganz schönen Schrecken eingejagt", meinte die Ehefrau.

„Äh..., ja. Natürlich. Aber die Ähnlichkeit ist wirklich verblüffend. So etwas wie einen Zwillingscousain haben Sie nicht, oder?"

„So ein Unsinn. Erstens heißt es wenn überhaupt 'Zwillingscousin' und nicht 'Zwillingscousain'. Und zweitens: Wie kommen Sie darauf, dass es so etwas überhaupt gibt?", fragte die Frau.

„Na ja, das habe ich mal in dem Film 'Schrei, wenn du weißt was ich letzten Freitag den 13. getan habe' gesehen", rechtfertigte sich der angesprochene Polizist.

„Dort bezieht die Polizei also ihr Wissen her. Aus Filmen. Sehr interessant. War der Film wenigstens gut?"

„Also... ich fand ihn ganz okay, aber er lief seit Jahren nicht im Fernsehen."

„Das hat nichts zu sagen. Im Fernsehen läuft fast nur Scheiße."

Alle nickten zustimmend. Dann fragte die Ehefrau: „Was war es denn für ein Film?"

„Eine Parodie auf 'Scream' und 'Ich weiß, was du letzten Sommer getan hast'. Und natürlich auch ein bisschen auf 'Freitag der 13.'", lautete die Antwort.

„War der Film lustig?"

„Wie gesagt, er war ganz in Ordnung."

„Na immerhin. Aber genug davon. Wir würden gerne einen ruhigen, entspannten Abend verbringen", sagte die Frau und forderte die Polizisten damit im Grunde erneut zum Gehen auf.

Die beiden Beamten verabschiedeten sich höflich und verließen das Haus des Professors wieder. Nachdem sie draußen wieder in ihren Wagen gestiegen und los gefahren waren, meinte der eine: „Der Tote sah dem Professor aber echt ähnlich."

Sein Kollege stimmte ihm zu.

*

Eine genauere Untersuchung des Toten förderte mehrere Unterschiede zum Professor zu Tage. Zum einen war der Ermordete ganze vier Zentimeter größer als der Professor, dessen Größe die Beamten kannten, weil sie ihn ein paar Tage später doch noch mal per Telefon zu sich einluden, um ihn und den Toten zu vergleichen. Außerdem wollten sie wissen, ob er nicht doch ein Zwillingsbruder sein könnte. War er aber nicht, wie eine DNA-Analyse ergab. Eine Solche wäre aber gar nicht nötig gewesen, denn kurze Zeit später brachte eine ehrliche Finderin eine Tasche mit Geldbörse, Taschentüchern, Brausetabletten und anderem Kleinkram ins Fundbüro. In der Geldbörse befanden sich auch ein Ausweis sowie ein Reisepass. Geld war keines mehr darin und die Finderin versicherte, dass sie es nicht genommen hatte. Das Passbild passte zu dem Toten und dieser war dem Dokument zufolge vier Jahre älter als der Professor. Außerdem hatte er, anders als der Professor, eine Narbe am Fuß. Auch war seine Haut bei ganz genauem Hinsehen ein kleines bisschen dunkler als die des Professors. So als ob er vor Kurzem noch in einer wärmeren Region gewesen wäre und sich dort aber von der Sonne möglichst fern gehalten hätte.

Der Tote war ein Franzose und sein Reisepass belegte, dass er bis vor wenigen Tagen noch in Italien gewesen war. Eine Durchsuchung seines Hotelzimmers, welches die Beamten dank eines Zimmerschlüssels aus der gefundenen Tasche finden konnten, da dort der Hotelname eingeprägt worden war, ergab, dass er gerne Schlösser und Burgen fotografierte. Dazu zählten auch Burgruinen. Messerscharf schlussfolgerte einer der ermittelnden Polizisten, dass der Tote dann wohl wegen der nahegelegenen Burgruine gerade in diese Gegend gekommen war. Viele Leute fotografierten diese nämlich sehr gerne. Man sah sich in der Burgruine und der nahegelegenen Umgebung um, fand aber nichts Verdächtiges. Auch die Fotos des Toten gaben keine brauchbaren Informationen her. Er hatte nichts fotografiert, was irgendwie von Belang war oder gar als

Mordmotiv herhalten könnte. „Und wenn ihn jemand ermordet hat, weil er ihn für den Professor hielt? Was ist mit den beiden Studentinnen, die ihn gefunden haben?", fiel einem der Ermittler ein.

„Negativ. Die beiden Frauen waren die ganze Zeit zusammen, keine von ihnen hatte irgendwo Blut an Körper oder Kleidung. Sie wurden auch die meiste Zeit von vielen notgeilen Kerlen gesehen; haben also Alibis."

„Bi sind die Kerle, die sie beobachtet haben, ganz sicher nicht", bemerkte einer der Beamten scherzhaft.

„Jedenfalls hatten sie keine Gelegenheit, den Mord zu begehen. Wir haben auch keine Fingerabdrücke an der Tatwaffe gefunden und niemand hatte Handschuhe dabei, auf denen wir Spuren von der Tat hätten finden können. Außerdem deutet die später gefundene Tasche des Toten ganz klar darauf hin, dass der Täter sie mitgenommen und dann entsorgt hat. Also kommen alle von uns befragten Gäste nicht infrage, denn keiner von denen hatte eine solche Tasche dabei. Der Täter ist wohl gleich nach der Tat mit der Tasche abgehauen. Leider hat das Schwimmbad keine Überwachungskameras, sodass wir nicht wissen wer es im Tatzeitraum verlassen hat."

„Meinen Sie, es war ein Raubmord? Immerhin fehlte das Geld aus der Tasche", wurde eine Überlegung geäußert.

„Möglich, aber unwahrscheinlich. Vielleicht hatte der Tote einfach einen Feind. Jemand, der ihn hier kannte. Oder jemand, der ihm bis zu uns gefolgt ist."

„Oder aber der Tote war gar nicht das Ziel, sondern der Professor. Immerhin ist die Ähnlichkeit doch sehr verblüffend..."

„Schon, aber dann müsste der Mörder dem Professor zufällig im Schwimmbad begegnet sein, denn hätte er ihn von seinem Zuhause aus gestalkt, hätte er den ganzen Tag lang den echten Professor in eben diesem seinem Haus beobachtet, anstatt den falschen Professor im Schwimmbad zu killen. Und wer bringt bitte schön so ein Messer auf gut Glück ins Schwimmbad mit, um einen Mord zu begehen. Noch dazu ist das ja kein allzu kleines Messer, sondern ein Küchenmesser, dass er dem Toten tief in die Brust gestoßen hat. Dazu gehört viel Kraft."

„Vielleicht hat der Täter den vermeintlichen Professor zufällig auf der Straße gesehen, dann schnell das Messer geholt und ist ihm gefolgt. Eventuell aus seiner eigenen Wohnung oder aber er hat es spontan gekauft. Wir sollten die Überwachungskameras in allen nahegelegenen Geschäften checken, ob jemand dort vor Kurzem Messer gekauft hat."

„Womöglich trug der Killer das Messer aber auch schon längere Zeit bei sich und hat nur auf eine gute Gelegenheit gewartet. Dann sah er den Professor in der Stadt und folgte ihm auf dem Weg zum Schwimmbad."

„Aber hätten ihm in dem Fall dann nicht Schwimmsachen gefehlt? Und vielleicht auch Eintrittsgeld?", lautete ein Einwand.

„Außerdem: Woher hätte er wissen sollen, dass es im Schwimmbad keine Kameras gibt?"

„Vielleicht ist der Täter auch einfach völlig geisteskrank. Eventuell trägt er immer ein Messer mit sich herum, falls sich mal eine Gelegenheit ergibt irgendeinen potentiellen Feind aus dem Weg zu räumen. Eventuell hat er dann eben auch eines dabei, wenn er schwimmen geht. Und dann bemerkte er den Typen, den er für den Professor hielt und legte ihn bei sich bietender Gelegenheit einfach um."

„Sollten wir dann den echten Professor Müller nicht lieber

unter Polizeischutz stellen?", lautete eine berechtigte Frage.

„Na gut. Machen wir. Dazu sind wir wohl verpflichtet. Stellen wir zwei Beamte zu seinem Schutz ab. Die begleiten ihn dann eben erstmal auf Schritt und Tritt", gab es daraufhin zur Antwort.

Und so wurde Professor Müller vorläufig unter Polizeischutz gestellt.

*

Jenna war überglücklich als sie erfuhr, dass der Professor doch nicht das Mordopfer war. Sie freute sich riesig. Gewiss, es tat ihr leid um den armen Toten, aber das der Professor noch lebte, ließ ihr das Herz höher schlagen. „Danke lieber Gott", sagte sie in Richtung Himmel. Zwei Minuten nachdem sie es erfahren hatte, rief sie Mifti an und überbrachte ihr die gute Neuigkeit. Auch die Vermieterin wurde informiert. Jenna und Mifti tauschten sich eine ganze Weile am Telefon aus und rätselten, wer wohl für diesen Mord im Schwimmbad verantwortlich sein könnte. Sie kamen aber zu keinem Ergebnis. „Auf jeden Fall freue ich mich, dass der liebe Professor Müller noch am Leben ist", sagte Jenna zu Mifti am Telefon und dachte dabei: *Ein Glück, dass er noch lebt. Ich dachte, ich hätte ihn verloren.*

„Ich auch. Er ist schon ein feiner Kerl. Ganz anders als viele der Gauner, die sich in Berlin so an den Universitäten herumtreiben", fand Mifti.

„Das dürfte in London auch nicht anders sein; ich habe da

so einiges im Netz gelesen. Gut, dass ich hier zur Uni gehe", bemerkte Jenna.

„Nun, auf jeden Fall sollten wir zwei es irgendwie feiern, dass er noch lebt. Was meinst du, wollen wir uns im Kino einen Film anschauen?", schlug Mifti vor.

„Können wir gerne machen."

„Klasse."

„Was schlägst du vor?"

„Keine Ahnung."

„Na dann schau doch kurz auf deinem Handy nach, was für Filme bei uns im Kino laufen", entgegnete Jenna und kicherte.

„Okay."

Mifti überprüfte die Filme und schlug Jenna den neuen „Ghostbusters"-Film vor. „Das ist aber nicht wieder sowas wie der von vor ein paar Jahren mit den komischen, tanzenden Frauen, in denen Bill Murray einen Gastauftritt hatte und gekillt wurde, oder?", fragte Jenna für einen Augenblick besorgt.

„Nein, keine Sorge. Das ist die Fortsetzung von dem Film, in dem die Kinder und Jugendlichen mit ihrer Mutter und Paul Rudd das böse Monster aus dem ersten 'Ghostbusters'-Film erneut besiegen und dabei auf die Orginal-Ghostbusters treffen. In dem Film 'Ghostbusters: Legacy' von ich glaube 2021 sind sie ja auch sehr respektvoll mit dem alten Cast umgegangen, was ja nicht selbstverständlich ist. Hust, hust. 'Star Wars'. Hust, hust. 'Indiana Jones'", täuschte Mifti einen Husten vor.

„Wollen wir hoffen, dass sie bei diesem neuen Film genauso handeln", meinte Jenna.

„Nun, soweit ich weiß ist der Paul Rudd tatsächlich ein sehr großer Fan der alten, klassischen Filme und wenn er bei dem neuen Film viel zu sagen hatte, dürfte es gut geworden sein."

„Schauen wir mal. Ich bin auf jeden Fall dabei. Auch wenn mir alles in allem nicht ganz wohl dabei ist, für Filme aus Hollywood Geld auszugeben."

„Komm, immerhin unterstützen wir damit auch ein lokales Unternehmen aus unserer Region. Nämlich das Kino."

„Das Kino könnte ruhig auch mal ein paar einheimische Filme bringen. Ich meine, nichts gegen die Geisterjäger, aber ein paar gute deutsche Filme wären auch mal ganz nett. Immerhin bin ich zum studieren nach Deutschland gekommen und da könnte ich auch mal gute deutsche Filme schauen."

„Tja, Jenna. Das ist eben das Problem. Aus neuerer Zeit gibt es so gut wie keine guten deutschen Filme. Aus den letzten knapp zwanzig Jahren fallen mir höchstens 'O Boy' mit Daniel Brühl oder 'Viktoria' ein; Letzterer übrigens mehr so eine Art Amateurfilm. Ich glaube, mit ganz wenig Geld und nur einer Kamera gedreht. Trotzdem richtig gut geworden. In dem geht es auch um eine Studentin, aber anders als du versteht sie wohl nicht so viel deutsch. Sie gerät an eine Gangsterbande und erlebt ein cooles Abenteuer. Aber ansonsten..., tja..., gute Filme aus dem heutigen Deutschland? Fallen mir leider nicht wirklich welche ein. Von früher, ja da gibt es massenhaft tolle Filme. Die Edgar-Wallace-Filme mit Joachim Fuchsberger zum Beispiel. Oder mit Heinz Drache. Warte, ich glaube in den 90ern haben sie nochmal neue Edgar-Wallace-Filme gemacht. Die waren auch ganz okay; man konnte sie schauen. Aber eben schon nicht mehr so gut wie die von früher. Und heutzutage? Da sucht man gute Filme mit der Lupe; aber hey, hauptsache im Kino wird die 'richtige' politische Botschaft verkauft...", beschwerte sich Mifti. „Hoffen wir, dass der neue Geisterjäger-Film frei von politischen Botschaften ist."

„Wir können ihn uns ja ansehen, aber geh nicht mit zu hohen Erwartungen ins Kino. Vergiss nicht, dass wir 2024 haben und die Zeit für richtig gute Filme mehr oder weniger vorbei ist. Hierzulande massiver als anderswo, aber der Filmindustrie gehen eben langsam die Ideen aus."

„Die könnten ja mal was von Jean Raspail verfilmen", schlug Jenna vor.

„Oder von dem deutschen Schriftsteller Joachim Fernau. Moment, von dem wurde mal 'Heldentum nach Ladenschluss' verfilmt, wo deutsche Soldaten und Kriegsgefangene den Siegermächten entwischen. Sehr gute deutsche Komödie. Eine der Geschichten erinnerte sogar ein wenig an 'Ein Käfig voller Helden'; diese Serie, wo Oberst Klink und Feldwebel Schulz die Helden sind", erklärte Mifti.

„Wenn der Fernau so ähnlich drauf ist wie der Raspail, werden die großen Filmstudios bestimmt nichts von ihm verfilmen."

„Na ja, vielleicht der Mel Gibson oder der Clint Eastwood. Die würden sich das bestimmt trauen; Eastwood hat mit seinem Werk über japanische Soldaten ja auch schon mal über den amerikanischen Tellerrand hinausgeschaut", erinnerte sich Mifti.

„Dann müsste man die beiden Herren mal auf die Werke von Raspail und Fernau aufmerksam machen", fand Jenna.

„Gute Idee. Aber um zurück zu unserem Kinoplan zu kommen; steht die Idee?", fragte Mifti.

„Sicher. Wann wollen wir uns den Film anschauen?", lautete Jennas Gegenfrage.

„Wie wäre es mit übermorgen? Morgen ist ja wieder Uni und wir besuchen den Kurs unseres zum Glück noch lebenden Professors."

„Einverstanden."

Die beiden sprachen noch ein wenig darüber was sie im Kino trinken und futtern würden und dann verabschiedeten sie sich erstmal von einander. Jenna legte ihr Telefon weg, lächelte noch einmal glücklich, weil ihr Professor noch lebte, und machte sich dann wieder an ihre Literaturarbeiten.

*

Die am folgenden Tag stattfindende Doppelstunde über kam der Professor nicht wirklich zum unterrichten. Zunächst einmal waren viele Studenten von den beiden ihn begleitenden Beamten leicht abgelenkt. Außerdem stellten viele der Anwesenden nachvollziehbarerweise Fragen bezüglich des Mordfalles. Die Ähnlichkeit und die Tatsache, dass man Professor Müller zunächst mit dem Toten verwechselt hatte, hatte sich wenig überraschend herumgesprochen. Nach den üblichen Standardfragen, wie etwa ob der Professor mit dem Toten verwandt wäre, was dieser verneinte, wurde die Frage in den Raum gestellt, ob es jemand auf ihn abgesehen haben könnte?

Ein Student wandte ein: „Was ist, wenn es gar nicht um den Professor selbst geht? Was ist, wenn man durch einen Mord an ihn einen seiner Angehörigen treffen will? Immerhin ist Professor Müller mit dem Typen von Müllermilch verwandt, oder?"

„Wie bitte? So ein Unsinn. Nur weil ich denselben Nachnamen habe, bin ich mit dem Mann doch nicht verwandt. Das ist bestimmt wieder so ein dummes Unigerücht. Ich meine, Fräulein Swift hier heißt auch Swift mit Nachnamen und ich setze deswegen trotzdem nicht gleich voraus, dass sie mit Jonathan Swift verwandt ist. Oder besser gesagt, dass sie eine Nachfahrin des Autors von 'Gullivers sämtliche Reisen' ist", wandte der Professor ein.

„Gut, dann können wir das wohl ausschließen", meinte einer der Beamten.

Gleichzeitig schloss die gute Jenna Swift aus, jemals durch den Professor an einen reichen Mann zu kommen. *Offenbar ist er nicht mit dem Müllermilchmann verwandt. Schade, aber ich freue mich, dass er noch lebt und im Grunde mag ich ihn sehr gern. Auch wenn er mir wohl keine finanzielle Sicherheit verschaffen kann*, dachte Jenna, die einfach nur froh war, dass Professor Müller noch am Leben war.

„Dann geht es vielleicht doch um den Professor selbst", meinte einer.

„Ja, jemand trachtet ihm nach dem Leben. Deswegen braucht er ja auch Polizeischutz."

„Die Frage ist nur, wer sollte ein Motiv haben, Professor Müller umzubringen? Er ist ein guter Lehrer und immer korrekt zu uns Studenten", äußerte einer der Studenten und erntete dafür zustimmendes Gemurmel.

„Eben. Wer könnte es auf ihn abgesehen haben", fragte ein anderer und schaute dabei fragend in die Runde, wobei er auch den Professor besorgt anblickte.

„Ich wüsste nicht, wer. Warum sollte mich jemand umlegen wollen?", fragte der Professor verwundert, obwohl er diese völlig berechtigte Frage natürlich im Laufe der Ermittlungen schon gehört hatte.

Da fiel Mifti etwas ein: „Was ist mit diesem Justin? Der hält Sie doch für einen Nazi, oder?"

Einer der anderen Studenten wandte ein: „Das stimmt zwar, aber Justin ist bekloppt. Der hält doch jeden für einen Nazi. Mich nannte er mal einen, weil ich nicht richtig gegendert habe."

Eine Studentin meldete sich und verkündete: „Mich beschimpfte er mal als 'Nazi-Hure', weil ich sagte, ich fände Weihnachten toll."

„Und mich nannte er eine 'Nazi-Feministin', weil ich gerne Harry Potter lese", sagte daraufhin eine andere Studentin.

„Ihh, du liest Harry Potter", erwiderte daraufhin der neben ihr sitzende Typ, dem man aber an Ton und Gesichtsausdruck ansehen konnte, dass er es nicht ernst meinte.

„Halt die Klappe, Schatz", sagte sie zu ihm und schlug ihn sanft mit ihrem Notizbuch.

Ihr Freund lachte. Einer der Polizisten fragte: „Ist dieser Justin eine ernsthafte Bedrohung?"

„Schwer zu sagen", meinte einer der Studenten.

„Vielleicht sollten wir ihn mal befragen", sagte der andere anwesende Polizist und ließ sich den vollständigen Namen des Typen von Professor Müller geben.

„Aber..., äh... also wenn es der Justin war, hätte ihn dann nicht irgendwer im Schwimmbad erkannt haben müssen? Ich meine, ich will den Spinner nicht in Schutz nehmen oder so, aber in der Gegend ist er für viele Leute bekannt wie ein bunter Hund. Nur mit dem Unterschied, dass Hunde liebenswert sind", wandte einer der Studenten ein.

„Stimmt", pflichtete ihm jemand von weiter hinten bei.

„Genau. Wie oft hat man ihn beobachtet, wie er für irgendwelche Parteien Plakate angebracht hat und das obwohl die Zeit, in der Plakate aufgehängt werden durften, noch gar nicht angefangen hatte. Das war vor allem während der letzten beiden Wahlkämpfe", erinnerte sich jemand.

„Also steht dieser Justin einer Partei nahe?", fragte einer der Beamten.

„Nur einer? Der hat schon für jede linke Partei in der ganzen Gegend Wahlwerbung gemacht. Ob Leute wie er für diese Parteien eine Hilfe sind, steht freilich auf einem anderen Blatt. Zunächst einmal schrecken Wahlkampfhelfer wie er die Wähler eher ab. Und dann haben bei uns acht linke Parteien auf dem Stimmzettel gestanden, von denen nur drei die Fünf-Prozent-Hürde knackten. Die übrigen scheiterten daran und selbst die drei schafften es nur bis bestenfalls sieben Prozent. Der Justin, dieser Irre, hat für alle Parteien tausende Flyer verteilt. Es ist nun wissenschaftlich erwiesen, dass Flyer etwas bewirken. Wo beispielsweise die AfD viel flyert, wird sie auch gewählt. Nur ist die AfD da dann eben die einzige rechte Partei die flyert. Die eher dem linken Lager zugeneigten Wähler sahen sich plötzlich vor sieben Möglichkeiten gestellt. So wurden ihre Stimmen aufgeteilt und die AfD konnte in unserer Gegend stärkste Kraft werden", wusste ein ganz Schlauer zu berichten.

Mifti wandte daraufhin ein: „Ich hatte die Ergebnisse im Netz gelesen. Auch zusammen genommen hätten alle sieben linke Parteien weniger Stimmen als die AfD gehabt."

„Kann sein. Trotzdem hat Justin dem linken Lager keinen Gefallen getan. Außerdem hat er bei der Gründung von dreien der an der Fünf-Prozent-Hürde gescheiterten Parteien mitgeholfen."

„Okay, also das wusste ich nicht", sagte Mifti überrascht.

„Man könnte glatt glauben, dieser Justin wäre ein Agent der Rechten", fügte der politisch interessierte und offenkundig eher links stehende Student verschwörerisch hinzu.

„Nur wenn er das ist, warum sollte er dann einen Professor töten wollen, den er für einen 'Nazi' hält?", fragte Mifti.

„Guter Punkt. Vielleicht ist er ja auch wirklich ein Ultralinker, aber dann eben einer der Gewalt anwendet, was ich klar ablehne. Und darüber das er einen großen Dachschaden hat..., nun in diesem Punkt dürften wir wohl alle einer Meinung sein", fand der Student.

Alle nickten. „Auf jeden Fall werden wir diesen Justin mal befragen", verkündete einer der beiden Beamten an alle Anwesenden gewandt.

„Seine Adresse finden Sie im Büro des Direktors", entgegnete Professor Müller.

„Ist halt bloß die Frage, ob Sie ihn in seinem Haus finden", meldete sich plötzlich eine junge Dame zu Wort.

„Wieso sollten wir ihn denn nicht finden?", fragte daraufhin einer der Polizisten.

„Ich wurde mal vom Dekan gebeten, Justin ein paar Dokumente zu bringen und warf diese auch in den Briefkasten der angegebenen Adresse. Da stand auch sein Name drauf; nur..."

„Nur was?"

„Das Haus hatte kein Dach", verkündete die Studentin.

„Was? Echt jetzt?!", rief ein anderer Student aus.

„Aber warum haben Sie das der Universitätsleitung nicht gemeldet?! Ich höre heute jedenfalls zum ersten Mal davon und der Typ studiert bei mir immerhin Literatur, auch wenn er fast nie anwesend ist! Wieso sagen Sie denn erst jetzt etwas darüber?", fragte der Professor.

„Tut mir leid! Ich habe es einfach vergessen. Jetzt wo es mir eben wieder eingefallen ist, weiß ich auch wieder, dass ich an dem Tag schlimm mit dem Fahrrad gestürzt bin. Und dann tat mir der Kopf so weh, dass ich spät Abends meine Mutter lieber einen Krankenwagen rufen ließ. Ich musste dann stundenlang in der Notaufnahme warten, bis ich dann untersucht wurde. Es war immerhin keine Gehirnerschütterung, aber es tat voll weh", klagte die Studentin und war den Tränen nahe.

„Schon gut. Fehler passieren. Wir hätten ja auch selbst mal bei dem Kerl zu Hause vorbei schauen können. Ich dachte ja, er würde bei seinen Eltern oder so wohnen. Habe da nie so genau nachgeschaut. Hörte auch mal etwas von einer WG", winkte der Professor ab.

„Also Sie kennen Ihre Studenten aber schlecht", bemerkte einer der Beamten.

„Na hören Sie mal. Gut, hier sind nicht so viele Studenten, aber trotzdem kann ich doch nicht jeden Einzelnen von ihnen zu Hause einfach so besuchen kommen. Schon gar nicht ausgerechnet den, der fast nie auftaucht. Außerdem... sollte die Polizei Justin nicht bezüglich des Feueralarms befragen? Was ist denn daraus geworden?", fragte der Professor.

„Also wir sind nie bei ihm deswegen vorbei gekommen. Er kam kurze Zeit später bei uns vorbei und hat von sich aus eine Aussage gemacht. Natürlich hat er alles abgestritten und gemeint, er hätte damit nichts zu tun", antwortete einer der Uniformierten.

„Toll. Und was werden Sie jetzt unternehmen?", fragte

Professor Müller.

Einer der Männer holte sein Handy hervor und verkündete: „Wir rufen unsere Kollegen an und sagen es sei Gefahr im Verzug. Sie sollen sofort nach diesem Justin suchen und auch das Haus ohne Dach gründlich überprüfen. Mal sehen, was sie dort so alles finden."

Kurze Zeit nach dem Telefonat war die Doppelstunde auch schon fast zu Ende. Der Professor entließ seine Studenten und Jenna sagte noch zu ihm: „Schön, dass Sie noch leben."

„Danke", bedankte sich Professor Müller.

Auch Mifti drückte ihre Freude aus, aber sie freute sich bei weitem nicht so wie Jenna. Zu mehr als zu ein paar lieb gemeinten Worten traute sich Jenna in Gegenwart der Polizisten natürlich nicht.

*

Wenig später wurde das Haus von Justin auf den Kopf gestellt. Nun, genau genommen kamen die Beamten dafür zu spät, denn das hatte schon jemand anders übernommen. Das Haus ohne Dach war innen eine regelrechte Müllhalde. Überall lagen Plakate der verschiedenen, von Justin unterstützten linken Parteien herum. Ein verschimmeltes Bild Lenins hing an einer Wand; ein weiteres konnte mit Mühe und Not als eines von Stalin identifiziert werden.

An etlichen Stellen lagen Plastiksäcke voller Zeug. Einer der Beamten öffnete einen davon und fand darin Plastikmüll. „Warum hortet jemand dieses Zeug?", fragte er.

„Eventuell dienen diese ganzen Säcke dem Zweck der Abwehr von Wind und Wetter. Er hat dieses Haus im Grunde besetzt und durch die Säcke schützt er einen Teil davon soweit, dass er darin wohnen kann, ohne dass ihm beispielsweise im Winter zu kalt wird", mutmaßte ein anderer.

„Wohnt der Typ überhaupt hier?", fragte einer.

„Dem riesigen Erdloch voller Pisse und Scheiße im hinteren Garten nach zu urteilen offenbar schon", verkündete ein anderer Beamte, der gerade von dort kam und sich die Nase zu hielt.

„Mann, Kollege, du siehst ja richtig grün im Gesicht aus. So schlimm?"

„Für mich weitaus weniger schlimm; ich blieb vor dem Loch stehen, aber Kollege Peter ging noch einen Meter."

Als Kollege Peter wieder zur Truppe dazukam, mussten viele Beamte kotzen.

Die Durchsuchung von Justins Bleibe förderte ein Schriftzug mit dem Titel „Mein kommunistisches Manifest" zutage. Es war handgeschrieben und offenbarte Justins Masterplan. Er wollte an der Universität studieren, um so richtig schön in die linke Szene hinein zu kommen. Das Studium selbst interessierte ihn nicht. Seine Vorbilder waren all die linken Politiker, die als Studienabbrecher trotzdem hochrangige Führer in ihren Parteien geworden waren. Dem Ziel das auch zu schaffen, ordnete Justin alles unter. Also brachte er sich bei wirklich jedem linken Mist ein und sah auch überall angebliche Nazis.

Von Morden oder zumindest Mordplänen stand allerdings nichts in dem Manifest. Das stellten die Beamten klar fest,

als sie es gelesen hatten. Alle 600 Seiten. Das war nicht so schwierig, wie es sich anhört. Auf manchen Seiten hatte Justin Hammer und Sichel mit rotem Buntstift gezeichnet. Auf etwa 300 Seiten hatte er etliche Male hintereinander handschriftlich „Wer das liest ist doof!" geschrieben.
Auf einer Seite gab es eine Checkliste. Die Punkte „Studium beginnen" und „mich politisch links engagieren" waren bereits abgehakt. Die Punkte „Karriere machen", „fett Kohle verdienen", „Bundespräsident werden", „EU-Präsident werden", „UNO-Generalsäkrätär" werden und „Weltherrschaft erlangen" warteten noch auf ihren Haken. Ob und wie man den vorletzten Punkt richtig schrieb, darüber stritten sich auch die Beamten eine ganze Weile.

*

Als der darauf folgende Tag zu Ende ging, hatte die Polizei Justin noch immer nicht gefunden. Jenna sehnte sich inzwischen nach dem Professor und dieser hatte auch Sehnsucht nach seinem Mädchen. Die beiden vermissten einander, aber Professor Müller hatte wenigstens seine Frau als Bettgesellschaft. Besagte Frau hatte nichts gegen das Müllermädchen ihres Mannes, aber sie freute sich natürlich auch, wenn sie selbst von ihm ordentlich genommen wurde.
Während Jenna abends also aus ihrem Fenster blickte, fickte er seine Ehefrau und schlief im Anschluss tief und fest. Jenna seufzte am Fenster in die Dunkelheit hinaus und fragte sich, wie sie ihn wohl wieder würde treffen können?

Da sie weder an ihrem Fenster noch am sich bald abzeichnenden Sternenhimmel eine Antwort fand, legte sie sich nach einiger Zeit schlafen.

Kapitel 4: Mörderjagd in der Stadt

Die Polizei suchte den ganzen Ort und auch die nahegelegenen Wälder ab. Sie setzten sogar Spürhunde ein, um Justin zu finden. Natürlich hatten die ranghöchsten Beamten der Gegend vorher bei den Politikern der führenden Rotfrontparteien nachgefragt, ob es überhaupt in Ordnung sei, einen ihrer Genossen zu verdächtigen und dann auch noch zu jagen. Doch selbst die linken Politiker waren froh nun einen Grund zu haben, Justin los zu werden. Sie winkten ab und gaben den Behördenchefs grünes Licht. Nun durften sie mit der ganzen Härte ihrer Organisation zuschlagen. Ganze Hundertschaften suchten die Stadt, die Wälder und sogar die Nachbarorte ab. Gleichzeitig wurden die Überwachungskameraaufnahmen der örtlichen Busse abgesucht, um herauszufinden ob Justin in einem von ihnen gesessen hatte. Immerhin musste er ja, wenn er es denn gewesen war, irgendwie vom einen Ort zum anderen Städtchen mit dem Schwimmbad gekommen sein. Ein paar Zeugen erinnerten sich allerdings daran, dass er hin und wieder auch mit dem Fahrrad unterwegs war. „Er ist einmal an mir vorbeigefahren und hat Flugblätter direkt vor meine Füße geworfen. Da war so eine rote Faust drauf und so...", erinnerte sich eine Zeugin.
Der Hinweis, dass er ein Fahrrad besaß, deutete darauf hin, dass er mit diesem Ding und nicht mit den Bussen gefahren war. Tatsächlich fand man auch keine Aufnahmen von innerhalb der Busse, auf denen Justin zu sehen war. „Es ist aber eine weite Strecke für eine Fahrt mit dem Rad. Außerdem erinnert sich kein einziger Zeuge

daran, ihn im Schwimmbad gesehen zu haben. Was ist, wenn er doch unschuldig ist?", wandte ein Beamte bei der ganzen Jagd ein.

„Das finden wir schon heraus, wenn wir ihn gefunden haben. Auf alle Fälle ist es höchst verdächtig, dass er illegal in einem Haus ohne Dach wohnt. Außerdem ist es sehr verdächtig, dass er offenbar abgetaucht ist", lautete das Gegenargument.

Die Behörden suchten mehrere Tage lang nach Justin, fanden ihn jedoch nicht. Am Ende kam man zu dem Schluss, dass er die Gegend wohl bereits kurz nach der Tat verlassen hatte.

*

Nach und nach stellte die Polizei ihre Suche nach dem verschwundenen Justin ein. Zuletzt verfolgten die Hunde eine Spur, die auf einen Parkplatz führte. Dieser hatte einen Betonboden. Einige Beamte meinten, dass Justin vielleicht auch ermordet und seine Leiche im Betonboden versteckt worden sei. Also wurde der ganze Parkplatz aufgerissen. Auf den Einwand eines Polizisten, dass er auf dem Platz auch einfach in ein Auto gestiegen und abgehauen sein könnte, meinte einer man müsse jeder Spur nachgehen.

Tatsächlich hatte Justin, als er von weitem gesehen hatte wie die Polizei sein Haus durchsuchte, einen Genossen angerufen und sich von ihm auf diesem nun zerstörten Parkplatz abholen lassen. Der Rote wohnte in einem anderen Landkreis und dort wurde nicht nach Justin gesucht. In der Wohnung seines Genossen angekommen, hatten er und Justin die Nachrichten verfolgt und Justin war schockiert, dass auch die örtlichen Politgenossen zur Suche nach ihm als potentiellen Mörder aufriefen. „Was soll das?!", schrie Justin.

„Ja! Warum stellen die sich nicht schützend vor dich?", fragte sein Genosse.

„Genau! Ich habe doch nur einen scheiß Nazi ermordet!"

„Oh... du warst es also wirklich?", fragte daraufhin sein Genosse.

Dann wurde in den Medien auch noch der Name des Opfers bekannt gegeben. „Was? Das war gar nicht der Professor? Also lebt dieser scheiß Literaturpenner noch?", fragte Justin entsetzt.

„Justin, du hast einen Unschuldigen gekillt! Noch dazu einen Ausländer! Zwar einen europäischstimmigen Migranten, aber trotzdem einen Menschen mit Migrationshintergrund! Hast du vergessen, dass alle Migranten für uns Linke erstmal sowas wie unsere Götter sind, die wir anbeten müssen? Es sei denn natürlich sie sind deutschfreundlich und kritisieren unsere Politik. Dann degradieren wir sie zu Deutschen und hassen sie! Dann sind sie für uns nur noch Dämonen. Aber da du den Toten mit dem Typen verwechselt hast den du eigentlich killen wolltest, gehe ich mal nicht davon aus, dass du ihn als Dämon identifiziert hast, oder?"

„Nein", knurrte Justin.

„Dann muss ich jetzt die Polizei rufen. Auch weil die Genossen im Fernsehen es von mir gefordert haben."

Justins Genosse griff nach seinem Handy. Justin selbst nahm ein weiteres Messer, welches er bei sich trug, und rammte es ihm in die Eingeweide. Der tödlich Getroffene

schrie auf: „Justin! Warum tust du das?!"
Er ging zu Boden und Justin zog das Messer wieder aus
ihm heraus. „Weil du mich verraten hast", antwortete er
und stach erneut zu.
„Aber ich befolge doch nur den Befehl der Partei. Und die
Partei hat immer recht", verteidigte sich sein sterbender
Genosse.
„Die Partei hätte mich längst zu ihrem Führer machen
sollen", meinte Justin und versetzte ihm einen letzten
Stich.
Dann nahm er sich das Handy des Getöteten und begann
ein paar SMS zu schreiben. Denn er hatte noch große
Pläne.

*

Die Tage vergingen und als die Polizei zu dem Schluss
kam das Justin unauffindbar und wohl längst ins Ausland
abgedampft war, wurde irgendwann auch der
Polizeischutz für Professor Müller eingestellt. Nun konnte
er sich im Prinzip endlich wieder mit Jenna treffen. Da vor
seinem Haus jedoch noch immer ein paar neugierige
Journalisten herumlungerten, vereinbarte er nach einer
weiteren Doppelstunde an der Uni mit Jenna ein Treffen in
einem Hotel im Nachbarort. Jenna freute sich riesig und
war natürlich sofort einverstanden. Also trafen sie sich
einen Tag später im Hotel. Es war für Professor Müller gar
nicht so einfach, sich aus dem Haus zu verdrücken und
dabei die Presse abzulenken, aber als er dann von zwei
Reportern verfolgt in den Tante-Emma-Laden ging,

musste er die Besitzerin nur kurz nach der Hintertür fragen und schon war er weg.

Jenna war überglücklich, als er sie dann im Hotelzimmer wieder in seine Arme schloss. Sie hatte erst Angst gehabt, dass er tot sei und sich dann, als sie herausfand das er noch lebte, lange nach ihm gesehnt. Mehrere Wochen hatte sie ihn nicht haben können und nachdem sie sich nun erstmal liebevoll geküsst hatten, fiel sie regelrecht über ihn her. Wild und hemmungslos trieben sie es im Hotelzimmer immer wieder mit einander, bis sie nicht mehr konnten und es draußen bereits dunkel wurde. „Du bist klasse, Jenna", lobte er sie, während sie nebeneinander im Bett lagen.

„Danke. Du auch."

„Dein Roman und deine Abhandlung sind dir übrigens auch sehr gut gelungen. Beides bekommt die Bestnote."

„Super. Ich hatte ja in letzter Zeit viel Zeit zum schreiben, weil wir uns leider nicht treffen konnten."

„Ja, aber jetzt wo der Polizeischutz weg ist, geht das wieder. Nur die letzten paar Journalisten, die noch herumlungern, müssen eben abgehängt werden. Aber das waren vor einer Woche noch viel mehr. Die wenigen, die noch da sind, suchen sich sicher bald ebenfalls andere Geschichten."

„Machst du dir keine Sorgen wegen Justin?", fragte Jenna besorgt.

„Ein bisschen schon, aber der Typ ist nun überall gesucht. Er wäre ja völlig verrückt, wenn er hier in der Gegend nochmal auftauchen würde. Und zur Sicherheit habe ich etwas Pfefferspray dabei."

„Aber ob das so viel hilft, wenn einer wie er das Messer schon in der Hand hat?"

„Komm, mach dir nicht so viele Sorgen. Wenn er es war, und davon gehe ich aus, dann wird er sich bedeckt halten und bestimmt längst ins Ausland geflohen sein. Wenn er schlau ist, haut er in ein Land ab, welches nicht ausliefert. Irgendeines in Südamerika vielleicht", überlegte Professor Müller.

„Kann sein. Trotzdem wäre mir wohler, wenn die ihn geschnappt hätten. Als ich dachte du wärst tot, war das als ob für mich die ganze Welt zusammengebrochen wäre", erklärte Jenna und kuschelte sich an den Professor.

„Mir wäre auch wohler. Wer weiß, ob der Typ nicht wieder jemanden umlegt?", überlegte der Professor.

Dann gab er Jenna einen Kuss und sagte: „Wenn du magst, können wir hier übernachten. Meine Frau ist auch einverstanden."

Jenna nickte.

*

Als die Nacht am dunkelsten war tummelten sich einige Gestalten in der verlassenen Burgruine nahe der Stadt.

„Warum bestellt der Trottel uns zu so später Stunde hier her?", fragte einer genervt.

„Keine Ahnung, aber es klang wichtig. Offenbar gibt es geheime Informationen über etwas, dass nicht am Telefon besprochen werden kann", wusste ein Anderer.

„Gut, aber wieso nicht in einer unserer Parteizentralen?", fragte jemand anders.

„Genossen. Seid ruhig, ich glaube da kommt noch jemand."

Alle vierzehn anwesenden hochrangigen Mitglieder der örtlichen linken Parteien verstummten. Da trat jemand aus dem Schatten. „Guten Abend, Genossen", begrüßte sie Justin.

Alle starrten ihn entsetzt an, denn er hatte ein Maschinengewehr in den Händen. „Aus einem unserer antifaschistischen Geheimverstecke im Wald", sagte er überflüssigerweise.

„Warum bist du hier? Uns hat doch der gute Genosse..."

„Der ist tot! Ich habe Euch mit seinem Handy herbeordert. Er hat mich verraten, also musste er sterben. Und wie ich über die Medien mitbekommen habe, habt Ihr mich ebenfalls verraten", unterbrach ihn Justin.

„Warte mal! Das stimmt so nicht!", rief einer.

„Genau!", stimmte ein zweiter Roter zu.

„Ja, hör mal. Wir mussten die Medien und Behörden doch in Sicherheit wiegen, damit wir dich heimlich unterstützen können", log ein dritter Genosse.

„Lügner! Ihr wisst ebenso gut wie ich, dass Medien und Behörden Euren Anweisungen folgen! Die stecken mit Euch unter einer Decke!", schrie Justin.

„Du meinst wohl mit 'Uns', Justin, denn du bist doch immer noch einer von uns. Wir, die Medien und die Behörden stehen alle auf derselben Seite im Kampf gegen rechts und im Kampf gegen jeden, der uns und unserer Sache im Weg steht."

„Nein, ich bin zwangsweise nicht mehr auf Eurer Seite, denn Ihr habt mich verraten! Ihr hättet Eure Macht nutzen können, um Medien und Polizei von meiner Spur abzubringen! Stattdessen habt Ihr sie wie eure Kettenhunde auf mich losgelassen!", konfrontierte Justin die Genossen.

„Das stimmt nicht! Das Ganze war ein Selbstläufer! Was sollen wir denn machen, wenn ein paar ortsansässige Beamten auf die Idee kommen, dass du diesen Typen gekillt hast, weil du ihn mit dem Professor verwechselt hast?", fragte einer.

„Ihr Verräter! Ihr hättet mich decken müssen! Ich hatte den Professor zufällig in der Nachbarortschaft gesehen und mir schnell meine Verkleidung für Notfälle angelegt. Falscher Bart und Glatzenkappe. Dann bin ich ihm nachgegangen. Für den Fall, dass ich mal einen Rechten ermorden kann, habe ich immer ein Messer und etwas zur Tarnung dabei; man muss ja jede Gelegenheit nutzen. Also ging ich ebenfalls ins Schwimmbad , aber da ich keine Badesachen dabei hatte, mopste ich mir von einem anderen Badegast heimlich das Handtuch und wickelte es mir um Bauch und Becken. Das Messer hatte ich in einem Stoffbeutel. Ich beobachtete den Professor und in einem unbeobachteten Augenblick legte ich ihn schnell um. Die Fingerabdrücke wischte ich mit etwas Klopapier ab, welches ich mir zuvor vom Klo geholt hatte. Dann verduftete ich wieder aus dem Schwimmbad. Das Handtuch legte ich wieder dort ab wo ich es her hatte; der kleine Diebstahl war wohl unbemerkt geblieben. Um es wie einen Raubmord aussehen zu lassen, nahm ich die Tasche des Professors mit, von der ich später ebenfalls alle Fingerabdrücke entfernte. Mit demselben Fahrrad mit dem ich in der Ortschaft angekommen war, radelte ich auch zurück. Falschen Bart und Glatzenkappe ließ ich später verschwinden. Es wäre der perfekte Mord gewesen! Es gab und gibt noch immer keine wirklichen Beweise für meine Schuld! Trotzdem fallt Ihr alle mir in den Rücken! Wärt Ihr standhaft geblieben und hättet die entsprechenden Befehle an Polizei und Medien gegeben, könnte ich noch immer in meiner Bude leben und weitere Pläne für die Befreiung der Menschheit schmieden!"

„Justin, es ist ja richtig was du sagst. Wir hätten Medien und Polizei dazu anweisen können, dich in Ruhe zu lassen. Das war aber kein Verrat, sondern nur ein Fehler. Wir haben Mist gebaut; es tut uns leid", sagte einer.

„Ja. Sag, was wir für dich tun können. Brauchst du Geld für deine Flucht? Wir können dir viel Geld geben", bot ein anderer an.

„Nein, aber es gibt etwas anderes was ich benötige", meinte Justin.

„Was denn? Wir können es dir bestimmt geben. Unsere Bewegung verfügt über fast unbegrenzte Mittel; wir bekommen ja genug Kohle vom Staat für den 'Kampf gegen rechts'."

„Ich will, dass Ihr zur Hölle fahrt!", schrie Justin und begann damit die Gruppe abzuknallen.

„Warte!", schrie noch einer von ihnen bevor er im Kugelhagel starb.

Justin ballerte die Bande über den Haufen. Er durchsiebte sie mit Kugeln. Nicht alle starben sofort; viele wurden von mehreren Geschossen erwischt, die aber nicht sofort tödlich waren. Justin begutachtete die getroffenen Genossen. So ziemlich jeden von ihnen hatte er mehrmals erwischt. Einer mit drei Kugeln im Bauch röchelte: „Justin, du Scheißkerl. Ich verfluche dich."

Justin lachte. „Das hast du jetzt von deinem Verrat. Oh... wen haben wir denn da?", fragte Justin, als ihm auffiel, dass sich da jemand hinter einem großen Steinklotz versteckte.

Er ging hin und richtete seine Waffe auf die junge Frau,

die sich dort hingeduckt hatte. Ihr Gesicht war voller Metallstücke, was aber nicht Justins Schuld war. „Schön, dass du meiner Einladung auch gefolgt bist."

„Justin, bitte! Bitte verschone mich! Ich erzähle niemandem von dem was du hier gemacht hast! Es war schon richtig von dir, die alle abzuknallen! Sie haben dich verraten, aber ich nicht!", behauptete die Frau mit den pink gefärbten kurzen Haaren.

„Ach nein. Auf deinem Instagramprofil hast du aber auch zur Jagd nach mir aufgerufen. Außerdem hast du dort, lange bevor die Polizei auf mich aufmerksam wurde, behauptet, ich sei ein Antifemninist, nur weil ich dir angeblich zu lange auf die Titten gestarrt hätte", erinnerte sich Justin.

„Hör zu! Das ich damals so reagiert habe tut mir leid und zu diesem Instagrampost haben die mich gezwungen!", rief sie verzweifelt aus und zeigte auf die Toten.

Inzwischen war von dort das letzte Röcheln verklungen.

„So. Und was soll ich jetzt mit dir machen?", fragte Justin.

„Du kannst alles mit mir machen. Du fandest meine Titten doch so geil. Sie gehören dir. Ich gehöre dir. Wenn du mich willst, dann nimm mich ruhig; ich habe nichts dagegen. Nur bitte lass mich leben", flehte sie.

„Ich kann also alles mit dir machen?"

„Ja, alles", antwortete sie.

„Na dann mache ich das", sagte Justin und knallte die Linke ab.

Anschließend verließ er die Burgruine, um den nächsten Teil seines Plans auszuführen.

*

Während Jenna und der Professor ihr Liebesglück genossen, hatte Mifti bei sich zu Hause nicht viel zu tun. Auch sie hatte die von Müller aufgetragene Arbeit längst erledigt und abgegeben. Nun langweilte sie sich. „Was kann ich tun?", fragte sie sich selbst.

Ihr fiel nichts ein, weswegen sie ihr Handy zur Hand nahm und etwas im Netz surfte. Dabei stieß sie auf eine Webseite mit Livestreams von historischen Orten. Dort hatte jemand an verschiedenen Gebäuden, natürlich mit Erlaubnis, Kameras angebracht und ließ von dort einen Stream laufen. „Was es nicht alles für einen Unfug gibt", murmelte Mifti und wollte gerade die Seite wieder verlassen, als ihr auffiel, dass auch die nahegelegene Burgruine aufgelistet war.

„Na gut, kann ja mal kurz hineinklicken", meinte sie und schaute sich das Ganze an.

Dort lagen überall Leichen herum. „Oh mein Gott!", rief Mifti entsetzt aus.

Sofort rief sie die Polizei an. Sie meldete, was sie gesehen hatte und fügte hinzu: „Es kann natürlich sein, dass das irgendeine Verarsche im Netz ist. Vielleicht hat sich ein Spinner einen blöden Scherz erlaubt und sich da irgendwie in die Kamera gehackt, sodass da jetzt lauter Leichen zu sehen sind. Aber wenn dem nicht so ist, liegen da tatsächlich lauter Tote. Könnten Sie dem bitte nachgehen?"

„Wir sind unterwegs", lautete die Antwort des Beamten am anderen Ende der Leitung.

„Ich sollte Jenna informieren", meinte Mifti an sich selbst gewandt, nachdem sie aufgelegt hatte.

Also rief sie Jenna an, aber diese schlief tief und fest in den Armen des Professors. Ihr Telefon hatte sie auf stumm geschaltet. Mifti hinterließ ihr eine SMS. Auf diese antwortete Jenna ebenfalls nicht. Nun fing Mifti an sich Sorgen zu machen. *Was wenn Jenna eine der Toten ist? Ich glaube erkannt zu haben, dass da mindestens eine Frau mit dabei war. Ich muss nach ihr sehen. Aber was ist, wenn der Killer da draußen noch irgendwo durch die Stadt zieht? Obwohl... es könnte ja auch alles nur Fake sein. Trotzdem; irgendwie habe ich das Gefühl, ich sollte nach Jenna sehen...*

Also zog Mifti sich an, nahm einen stabilen Regenschirm aus hartem Metall als Waffe mit und marschierte los. Sie kam dabei auch in die Nähe des Universitätsgeländes und plötzlich war es taghell. „Was zum..."

Mifti blickte auf die Gebäude und stellte fest, dass es überall brannte. Jemand hatte die Universität in Brand gesetzt. Schockiert über diesen gewaltigen Anblick starrte Mifti wie gebannt auf das Feuer. Ein paar Sekunden oder Minuten, Mifti wusste nicht genau wie lange sie gestarrt hatte, später waren bereits die ersten Sirenen zu hören. Feuerwehr und Krankenwagen befanden sich auf dem Weg. Da kam eine Gestalt über das Gelände gewankt. Sie schien verletzt zu sein. Mifti brach aus ihrer Starre aus und rannte der Person entgegen. Es war die Frau des Professors und als Mifit sie erreichte, brach sie zusammen. Sie hatte eine Wunde im Bauch. Mifti riss sich ein großes Stück Stoff von ihrer Kleidung herunter und presste dieses auf die Wunde. „Hierher! Wir brauchen Hilfe!", schrie sie in Richtung der anrückenden Rettungskräfte.

Man hatte sie offenbar gehört, denn kurz darauf kamen zwei Männer mit einer Trage angerannt. „Das war Justin.

Er hat bei uns zu Hause meinen Mann gesucht...", sagte die Ehefrau noch, bevor man sie weg brachte.

„Dieser kranke Dreckssack. Wenn ich den erwische, wird er diesen Donnerstag nicht mehr erleben, sondern das Leben danach kennenlernen", murmelte Mifti.

Dann begann sie wegen dem vielen Rauch zu husten und wurde von einem Feuerwehrmann an der Schulter gepackt. Er führte sie wieder vom Gelände weg und bedankte sich für die Hilfe bei der Rettung der Dame, wies sie aber gleichzeitig an zu gehen, denn der Rauch begann immer schlimmer zu werden. Mifti verließ die Gegend und hielt dabei Ausschau nach Justin. Sie war dabei auch etwas überwältigt durch das eben Erlebte. „Ich wollte doch eigentlich irgendwo hin...", murmelte sie.

Dann fiel es ihr wieder ein: „Zu Jenna!"

Also ging sie weiter in Richtung des Hauses, wo ihre liebe Freundin zur Untermiete wohnte.

*

Justin schleppte sich inzwischen durch die Gassen der Stadt. „Scheiße!", fluchte er dabei und hielt sich den Bauch.

Seine letzte Kugel hatte er in die Frau des Professors hinein geballert. Ihr Ehemann war ja nicht daheim gewesen. Vorher hatte Justin noch überall auf dem Universitätsgelände und besonders an den Gebäuden Benzin verteilt. Dann hatte er ein Streichholz geworfen, war zum Professorenhaus gerannt, hatte die Tür eingetreten und den Kerl gesucht. Er war nicht zu finden, aber seine Frau fand ihn. Zwar konnte er ihr die letzte Kugel verpassen, aber sie erwischte ihn dafür mit dem Küchenmesser. „Diese Nazihure!", fluchte Justin.

Das leere Maschinengewehr hatte er längst irgendwo weggeworfen. Er schleppte sich aus einer Gasse auf eine der breiteren Straßen hinaus. Und da stand er dann plötzlich Mifti gegenüber. „Was zum... du?", fragte er Mifti, bevor er wegen seiner Stichverletzung zu Boden ging.

„Ah, hallo Justin", begrüßte ihn Mifti und ging zu ihm. Er hielt sich den Bauch und sagte: „Mifti. Hilf mir. Ich gehe hier sonst drauf."

„Warum sollte ich dir helfen? Wir hassen einander; schon vergessen?", fragte Mifti.

„Hör mal, ich verblute hier. Wenn du mir hilfst, gebe ich dir eine große Belohnung."

„Was für eine Belohnung?", lautete nun Miftis nächste Frage.

„Sobald mein Plan von der Weltherrschaft gelungen ist, gebe ich dir ein eigenes Land. Wie wäre es mit Kanada?"

„Nö. Kanada ist mir viel zu groß. Und zu kalt."

„Wie wäre es dann mit Lichtenstein?"

„Ach weißt du... Lichtenstein ist mir zu klein."

„Und was hälst du von den USA?"

„Also die sind mir widerum zu groß."

„Du könntest Estland haben?"

„Zu klein."

„Frankreich?"

„Also das wäre mir zu sehr... na es ist eben Frankreich. Außerdem..., das könnte ich auch erobern, wenn ich betrunken und mit einem Kugelschreiber bewaffnet wäre. Die kapitulieren doch am Telefon."

„Dann Deutschland?"

„Hm. Also ich mag Deutschland. Ist ein schönes Land. Viele Wälder, nette historische Gebäude und einige der Indigenen, zu denen ich ja auch zähle, sind auch sehr herzensgute Menschen. Ja. Deutschland ist wunderschön. Für mich das Land auf der Welt, welches ich am meisten liebe. Gut, ich sage dir was; ich helfe dir und dafür gibst du mir Deutschland."

„Dann haben wir einen Deal?", röchelte Justin.

„Ja klar haben wir einen Deal. Ich gehe nur noch schnell ein Stück Papier und einen Kugelschreiber holen, damit wir ihn schriftlich festhalten können", meinte Mifti und rannte los.

Sie hielt Wort und kam etwa eine Stunde später mit einem Stück Papier und einem Kugelschreiber wieder. Da war Justin aber schon längst tot. „Oh, wie schade. Dann werde ich wohl doch nicht die neue Herrscherin von Deutschland", meinte Mifti, holte ihr Handy hervor und informierte die Behörden, bei denen gerade alles drunter und drüber ging, dass sie die Leiche von Justin gefunden hatte.

Nachdem die Polizei Justins Leiche abgeholt und Mifti kurz befragt hatte, durfte Mifti wieder gehen und begab sich zu Jennas Wohngelegenheit. Ihre Freundin war natürlich nicht da, aber die Vermieterin war so nett die ihr bekannte Mifti in dieser Nacht nicht wieder in die verrückte Welt dort draußen hinaus zu schicken. Mifti durfte auf einem ausklappbaren Sofa schlafen.

*

Als Jenna und der Professor am nächsten Morgen in ihrem
Liebesnest erwachten, ahnten sie noch nichts böses. Sie
schoben vor dem Aufstehen noch eine schnelle Nummer,
bei der Jenna ihre Brüste während des Ritts wieder schön
vor das Gesicht des Professors hielt. „Mädchen, ich liebe
deine Titten. So prächtig. Bestnote eins", lobte der
Professor während des Aktes, sodass Jenna zwischendurch
lachen musste.
Nachdem sie ihren Spaß gehabt hatten, frühstückten sie.
Und erst als sie nach einem morgendlichen Nach-
Frühstücks-Kuss ihre Handys überprüften und die vielen
verpassten Anrufe sowie die zahlreichen SMS bemerkten,
schwante ihnen, dass irgend etwas passiert sein musste.
Die Nachrichten waren dann auch sehr aufschlussreich
und so begaben sie sich rasch in die Universitätsstadt
zurück, um nach der ins Krankenhaus eingelieferten
Ehefrau des Professors zu sehen. Unterwegs rief Jenna
kurz Mifti und ihre Vermieterin an, um zu verkünden das
alles in Ordnung war. „Wo warst du denn eigentlich?",
fragte Mifti am Telefon, welches Jenna laut gestellt hatte,
damit der Professor mithören konnte.
Jenna beschloss ihrer Freundin zumindest teilweise reinen
Wein einzuschenken: „Bei einem Mann."
„Echt?! Das musst du mir unbedingt erzählen, wenn sich
die Lage in der Stadt etwas beruhigt hat."
Dann berichtete Mifti ihr was alles passiert war. Das sie
Justin hatte draufgehen lassen, sagte sie sicherheitshalber
nicht am Telefon. Zwar hatte ihr die Polizei abgekauft,
dass sie ihn tot gefunden hatte, aber man wusste ja eben
nie wer so alles die Telefonate abhörte. Jenna war
schockiert, als sie die ganzen Details erfuhr. „Justin ist

also völlig durchgedreht", bemerkte sie.

„Na ja, es ist ... oder war halt Justin. Da dürfen wir nichts anderes erwarten. Eigentlich sollte niemand von uns überrascht sein", meinte Mifti.

„Nur wie konnte er all die Leute killen?", fragte Jenna.

„Das hat die Polizei noch nicht bekannt gegeben, aber ich habe gehört das die Frau von Professor Müller von ihm angeschossen wurde. Ich habe ihr ja geholfen, als sie verletzt auf mich zu kam. Konnte aber nicht erkennen ob es eine Schuss- oder Stichwunde war. In den Nachrichten hieß es dann 'Schusswunde' und all die Leute in der Burgruine wurden dann wohl auch abgeknallt, obwohl da die Tatwaffe noch nicht genannt wurde."

„Seltsame Berichterstattung. Sag mal, möchtest du nach der Frau des Professors sehen?", fragte Jenna.

„Du meinst, ich soll ins Krankenhaus kommen? Wäre denn der Professor einverstanden?", lautete Miftis Gegenfrage.

„Ja!", sagte der Professor daraufhin.

Eine Sekunde später bemerkte er, dass das wohl eine blöde Idee gewesen war. „Oh... du warst also mit Professor Müller zusammen... tja... also das hätte ich jetzt nicht erwartet, Jenna."

„Er und ich fahren jetzt zu seiner Frau, um nach ihr zu sehen", verkündete Jenna.

„Und du meinst, seine Frau ist damit einverstanden, dass die Geliebte ihres Mannes dabei ist?"

„Na ja, sie ist auch damit einverstanden, dass er und ich etwas mit einander haben. Hör mal Mifti, ich kann dir die Einzelheiten ja erklären, wenn wir uns später sehen und im Krankenhaus einen Platz finden, wo wir in Ruhe reden können. Aber zum Teil ist es auch deine Schuld, weil du meintest, ich solle mir einen Mann suchen."

„Aber doch keinen verheirateten Mann!", rief Mifti aus.

„Das wusste ich vorher nicht und nachher stellte sich heraus, dass seine Frau einverstanden ist", rechtfertigte sich Jenna.

„Komm schon, Jenna!"

„Was denn? König Salomon hatte doch auch mehrere Frauen, oder?", fragte Jenna.

Mifti atmete tief durch. „Nun beruhigen wir uns erstmal und sehen uns im Krankenhaus", sagte sie und legte auf.

Einige Zeit später trafen sie sich im Krankenhaus und während der Professor als erstes zu seiner Frau ins Zimmer ging, warteten Mifti und Jenna vorerst vor der Tür. „Also Jenna, ich bin erstmal froh darüber, dass es dir gut geht. Aber du und der Professor?"

„Na ich sollte mir doch einen Mann suchen, oder? Und die Idee mit der Müllermilch hattest ja wohl du."

„Schon, aber das stellte sich inzwischen als falsch heraus, soweit ich mich entsinne."

„Egal, ich mag ihn trotzdem. Selbst wenn er nicht zur Müllermilch-Familie gehört", erklärte Jenna.

„Na gut", sagte Mifti skeptisch.

„Wem schadet es denn? Seine Frau ist doch einverstanden, oder? Und außerdem: Wie viele Fürsten und Könige hatten neben ihren Ehefrauen Geliebte? August der Starke soll sogar über 100 außereheliche Kinder gezeugt haben. Warum sollen die dürfen, er und ich aber nicht?", fragte Jenna.

„Ist das denn bei den Politikern heute immer noch so? Ich glaube nicht", meinte Mifti.

„Vielleicht ist das ein Problem. Wenn die Politiker mehr

damit beschäftigt wären Frauen zu vernaschen, hätten sie weniger Zeit um Scheiße zu bauen. Auch für einen Politiker hat der Tag nur 24 Stunden. Wenn er acht Stunden schläft, acht Stunden bei seiner Frau und acht Stunden bei seiner Geliebten verbringt, hat er keine Zeit mehr für Politik und kann auch keine Scheiße mehr bauen", überlegte Jenna.

„Aber er hätte auch keine Zeit mehr, seine Arbeit überhaupt zu erledigen", wandte Mifti ein.

„Na und? Sieht die Welt etwa so aus, als ob die Politiker ihre Jobs ordentlich erledigen würden. Wäre doch besser sie täten gar nichts, als das was sie tun. In Belgien hat der König mal jahrelang ohne Politiker regiert und kaum einer hat es mitbekommen und die wenigen die es bemerkten meinten, dass es ohne die Politiker sogar besser gelaufen ist", entgegnete Jenna.

„Das mag sein, aber eben ein solcher König fehlt halt leider hier bei uns in Deutschland", bemerkte Mifti.

„Dann sollten die Deutschen sich eben einen Solchen besorgen", schlug Jenna vor.

Bevor Mifti darauf eingehen konnte, kam der Professor wieder aus dem Zimmer und sagte: „Sie möchte euch beide sprechen."

Jenna und Mifti gingen mit ihm wieder ins Zimmer hinein. Im Bett lag die Frau des Professors. An Mifti gewandt sagte sie: „Danke, dass du mir geholfen hast."

Dann richtete sie ihren Blick auf Jenna und verkündete: „Bitte kümmere dich gut um meinen Mann."

Anschließend schloss sie die Augen. Jenna begann zu weinen. Auch der Professor war den Tränen nahe. Mifti schaute erst die beiden Trauernden an und richtete dann ihren Blick auf die Frau im Bett. Im Anschluss schaute sie die Geräte, die über Kabel zur Überwachung ihrer Vitalfunktionen mit ihr verbunden waren, an. Während Jenna noch weinte, sagte Mifti: „Äh... kann es sein, dass sie nur eingeschlafen ist? Ich meine, laut den Geräten sind ihre Vitalfunktionen relativ in Ordnung...“

Jenna und der Professor schauten sich die Geräte an. Die Anzeigen auf dem Bildschirm waren normal. „Ein Glück“, sagte der Professor und Jenna wischte sich lächelnd die Tränen aus dem Gesicht.

*

Ein paar Wochen später konnte die Ehefrau des Professors wieder nach Hause. Oder hätte es zumindest gekonnt, wenn das Haus und die Nachbarhäuser nicht auch dem Feuer zum Opfer gefallen wäre. Die Universität war ebenfalls fast völlig niedergebrannt; lediglich ein alter, ehemaliger Wasserturm aus der Kaiserzeit stand noch. Die Ironie war: Wäre er tatsächlich mit Wasser gefüllt gewesen, hätte man das Feuer vielleicht schneller löschen können.

Bei den Aufräumarbeiten hatten die Behörden überall auf dem Gelände verstreut mehrere vergrabene Leichen gefunden. Sie gingen davon aus, dass diese Toten ebenfalls alle auf das Konto von Justin gingen. Für eine gegenteilige Annahme fanden sie keine Hinweise und waren auch zu faul, um danach in den Ruinen der Lehranstalt zu suchen.

Jennas und Miftis Studium war damit zumindest an dieser Uni auch erstmal Essig. *Keine Rückerstattung*, fiel Jenna da bezüglich ihrer Studiengelder wieder ein.

Die Frage war: Was nun?

Da Mifti dank ihrer Familie finanziell gut versorgt war, nahm sie den Professor und seine Frau erstmal bei sich auf. Jenna hatte ja bei der älteren Dame die Miete für längere Zeit im Voraus bezahlt, sodass sie ebenfalls eine Unterkunft hatte. „Danach kannst du zur Not auch bei mir wohnen", bot Mifti an.

Jenna sagte, dass sie gerne auf das Angebot zurückkommen würde. Das war jedoch nicht notwendig, denn Professor Müller schaffte es dank seiner Titel und praktischen Erfahrung recht bald anderswo einen guten Job zu bekommen. Er besprach sich noch diesbezüglich mit seiner Frau und dann wandte er sich an Jenna, ob auch sie damit einverstanden wäre. Anschließend setzten sie die Idee um, dem Mormonentum beizutreten, sodass der Professor Jenna als seine zweite Frau heiraten konnte. Die Hochzeit war bescheiden, aber doch sehr schön und festlich. Jenna sah im Brautkleid wundervoll aus und Mifti betätigte sich als ihre Brautjungfer. Das Schicksal wollte es, dass der neue Job des Professors sie wieder in eine eher ländliche Universitätsgegend führte, sodass sie es dort relativ ruhig und friedlich hatten. Die dortige Unileitung konnte auch nichts gegen die zwei Ehefrauen des Professors sagen, denn das wäre dann ja „Diskriminierung einer religiösen Minderheit" gewesen. Zwar wurden solche „Antidiskriminierungsregeln" für gewöhnlich nur zu Gunsten von nicht-weißen Leuten angewendet, aber man wollte von Seiten der Uniführung lieber kein Risiko eingehen und ließ den Professor einfach machen. Außerdem war Jenna zu dem Zeitpunkt ja keine Studentin mehr und das sie früher mal bei ihm studiert hatte, wusste keiner von denen. Sie konnten dort also glücklich und zufrieden werden.

Während Jenna ihr Studium also unbeendet ließ und sich nun ganz auf Ehe, Familie und das erste Kind, dass sie bald nach der Hochzeit erwartete, konzentrierte, zog Mifti ebenfalls dorthin, um fertig zu studieren und weiter mit Jenna abzuhängen.

Jenna Swift hieß nun Jenna Müller. Sie wurde eine glückliche Ehefrau und Mutter und schenkte ihrer Familie noch viele wunderbare Kinder.

Ende

Zusatzartikel: Der gute Zeichner – Carl Barks (1901 – 2000)

_ von Christian Schwochert
(veröffentlicht im Thymos-Magazin)

Am 27. März 1901 wurde in der Nähe von Merrill (Oregon, USA) der Künstler Carl Barks geboren. Sein Leben ist praktisch untrennbar mit der Welt von Entenhausen verknüpft, der wir uns bereits in zwei anderen Artikeln widmeten. Sich mit Barks zu befassen, bedeutet eigentlich auch sich mit der Welt der Ducks zu beschäftigen; ähnlich wie wenn man sich mit Arthur Conan Doyle auseinandersetzt und dabei kaum an Sherlock Holmes und Professor George Edward Challenger vorbeikommt. Gut, letzterer Name dürfte vielen kaum etwas sagen, aber wer Holmes bei Doyle ausblendet, stößt immerhin noch auf Challenger. Blendet man hingegen die Ducks aus, findet man bei Barks nicht allzu viel, aber gerade das macht die Herausforderung überhaupt erst interessant, sich quasi einmal mit dem Mann fast ohne die Enten auseinanderzusetzen. Wohlgemerkt: Fast.

Denn natürlich muss man sich gerade aus patriotischer Sicht fragen, was an dem Leben von Barks für uns außerhalb seiner Donald-Zeichnungen interessant ist?

Der Calgary Eye-Opener

Und dazu fiel mir als erstes das „Arcadi"-Magazin ein. Das war ein Magazin, vor allem für junge Leute aus dem patriotischen Lager. Irgendwann wurde es aufgelöst und viele fragten sich warum? Carl Barks hat eine solche Magazinauflösung auch erlebt. Er konnte kurz nach Beginn seiner professionellen Zeichenkarriere – zuvor hatte er sich mit ständig wechselnden Jobs von Farmer bis Holzfäller durchgeschlagen – immer mehr Zeichnungen an das Humor-Blatt „Calgary Eye-Opener" verkaufen, wozu unter anderem Witzzeichnungen, aber auch kurze Geschichten und Gedichte zählten. Nebenbei verkaufte er auch weitere Illustrationen an wechselnde Auftraggeber, um sein Gehalt noch aufzubessern. Barks zog sogar nach Minneapolis, wo der Eye-Opener seinen Verlagsort hatte. Aber bald kehrte er wieder nach Oregon zurück, weil der Erfolg ausblieb und das Magazin pleite ging.

Man muss gründlich graben, um heute mehr über die Hintergründe zu erfahren. Nach langer Wühlarbeit erfährt man dann, dass der Calgary Eye-Opener bankrott ging, weil die Nachfrage nach dem Magazin sank und die Verkaufszahlen zurückgingen. Zudem gab es interne Streitigkeiten und finanzielle Probleme, die letztendlich zur Insolvenz des Magazins führten. Das Magazin wurde damals von Karl Germer geleitet. Die internen Streitpunkte drehten sich hauptsächlich um die Frage der Führung und der Ausrichtung des Magazins.

Einige Mitarbeiter waren der Meinung, dass Karl Germer zu autoritär und zu dogmatisch war und forderten eine demokratischere Führungsstruktur und eine offenere inhaltliche Ausrichtung des Magazins. Dies führte zu Spannungen und Konflikten innerhalb der Redaktion, die natürlich Gift für den Erfolg sind.

Die Freelancer-Erfahrungen

Im Journalismus- und Mediengeschäft sind freie Mitarbeiter heute wie damals eher die Regel als die Ausnahme. Das hängt natürlich damit zusammen, dass Redaktionen gerade auch aus finanziellen Gründen eher nur kleine Belegschaften von Festangestellten unterhalten können. Für die Autoren ist das natürlich problematisch, da sie zum einen von verkauftem Werk zu verkauftem Werk leben müssen und zum anderen Sicherheit und Struktur fehlen. Gerade in einer schnelllebigen Zeit kann das an der geistigen Gesundheit zehren.

In Barks jungen Jahren gingen die Dinge freilich noch nicht so schnell; trotzdem dürfte es auch für ihn nicht leicht gewesen sein. Seine Kollegen H.P. Lovecraft und Robert E. Howard, die auch ihre Geschichten bei den unterschiedlichen Pulp-Magazinen in den 20ern und 30ern, also etwa zur selben Zeit, zu Markte tragen mussten, waren nicht gerade Vorbilder an seelischer Gesundheit. Hing das vielleicht auch damit zusammen, dass beide kaum auf den Stand von finanzieller Sicherheit und Selbstständigkeit kamen, um ihr künstlerisches Talent vollständig entfalten zu können?

Deshalb dürfte wohl auch Barks versucht haben, beim Eye-Opener ein fester Autor zu werden. Was er natürlich vergessen konnte, da das Magazin pleite ging.

Trotz der Unsicherheit kann das Arbeiten für unterschiedliche Auftraggeber und an verschiedenen Projekten und Aufgaben auch eine Quelle von Erfahrung und Weiterentwicklung sein. Man bleibt geistig flexibel, kann eigene Ideen stärker verfolgen und seine Fähigkeiten womöglich breiter weiterentwickeln. Nur muss man dafür eben selbst einen Markt finden. Und auch Rückschläge können Chancen in sich bergen.

Der Calgary Eye-Opener ist heute fast vergessen und vor allem wegen Barks noch bekannt. Er selbst war trotzdem nicht ganz umsonst nach Minneapolis gekommen, denn dort hatte er Clara Balken kennengelernt, die später seine zweite Frau werden sollte. Und Barks hatte Gelegenheit gehabt, erste Comic-Reihen zu entwickeln, sein zeichnerisches Talent zu professionalisieren und sich Sporen als Illustrator zu verdienen.

Schwierige Ehen

Werfen wir nun einen Blick auf sein Privatleben:

Wie bereits erwähnt, war Clara Balken seine zweite Ehefrau. Seine erste war Pearl Turner, mit der er zwei Kinder in die Welt setzte. Als der gute Herr Barks sich in seiner Freizeit immer mehr dem Zeichnen widmete, gefiel das seiner Frau ganz und gar nicht. Obwohl er mit dem Verkauf der Zeichnungen etwas Geld verdiente, trennten sie sich 1930. Mit seiner zweiten Frau lief es sogar noch schlimmer.

Seine zweite Frau war offenbar dem Alkohol sehr zugetan und wurde dann aggressiv. Als ihr 1950 bei einer Krebsoperation ein Bein bis zum Knie abgenommen werden musste, tat Carl Barks das Richtige und Anständige und pflegte sie. Aber auch dieser Einsatz konnte seine Ehe nicht mehr retten; auch weil sie weiterhin zur Flasche griff. Infolgedessen wurden die beiden dann im Dezember 1951 geschieden, und Barks musste mit 51 Jahren von vorne anfangen. Laut eigenen Angaben blieb ihm nichts außer „zwei Decken, seiner Kleidung, dem Zeichenbrett und den National-Geographic-Ausgaben". Letztere dienten Barks als unersetzliche Inspirations- und Informationsquelle. Die vielen späteren Duck-Abenteuergeschichten, die an exotischen Schauplätzen spielen, gewannen ihre Lebendigkeit und Detailtreue auch dank der ausgiebigen Recherchen Barks. Interessanterweise fühlte er sich nach der Scheidung wie von einer Last befreit.

Eine Seelengefährtin

Er fuhr durch sein Heimatland, begab sich auf die Suche nach Inspirationen und besuchte Ausstellungen. Auf einer Ausstellung traf er 1952 dann Margaret Williams wieder. Williams hatte sich bereits zehn Jahre zuvor bei ihm als Assistentin beworben. Garé, wie Margaret von allen genannt wurde, war Landschaftsmalerin und hatte ebenfalls eine Scheidung hinter sich. Die Zwei schufen sich ein gemeinsames Heim und heirateten am 26. Juli 1954. Margaret Barks unterstützte ihren geliebten Ehemann bei seiner Arbeit, zeichnete Hintergründe, letterte und tuschte einige seiner Zeichnungen. Mit ihr wurde er endlich zu einem wahrhaft glücklich verheirateten Mann.

Disney, Donald und die Ducks

Nach der Pleite des Eye-Opener und noch am Anfang seiner zweiten Ehe bewarb sich Barks 1935 als Animationshelfer bei den Disney-Studios. Wir sprechen hier von der Zeit als der große Mann Walt Disney selbst noch die Firmengeschicke lenkte. Carl hatte Gelegenheit dort nicht nur sein zeichnerisches Talent zu schulen, sondern wurde dem Team zugewiesen, das gerade dabei war Donald Duck als eigenständige Hauptfigur zu etablieren und (weiter)zuentwickeln. Barks hatte also die Gelegenheit bei der wirklichen Entstehung der Figur dabei zu sein, für deren Comic-Abenteuer er später berühmt werden würde.

Denn Barks blieb nicht ewig bei Disney, zumindest nicht direkt. Denn aus gesundheitlichen Gründen und mit den Arbeitsbedingungen während des Zweiten Weltkrieges beim Maus-Konzern unzufrieden kündigte er dort schon 1942 und heuerte dann bei Western Publishing, einem großen Comic-Verleger, an. Schon damals lagerten Konzerne gerne Aufgaben an Subunternehmen aus und während sich die Disney-Studios weiterhin auf animierte Cartoons konzentrierten, war es die Aufgabe von Unternehmen wie Western, das Disney-Universum mit Comic-Geschichten zu den beliebten lizenzierten Hauptfiguren zu füllen. Und es war nun u.A. Barks Aufgabe die Geschichten um Donald zu entwerfen und zu zeichnen. Er blieb den Enten treu. Die wenigen Male, wo er sich um Micky Maus und Pluto kümmerte, konnte man bequem an einer Hand abzählen. Und anders als bei Disney direkt gewann er hier auch die nötige Freiheit, sehr vieles in seinem Sinne zu gestalten und neue Figuren, die das heutige Entenhausen zu dem machen, was es ist, hinzuzufügen. Ohne Barks keine Panzerknacker oder kein Onkel Dagobert zum Beispiel.

Der gute Zeichner

Zu der Zeit war es auch noch nicht üblich, dass Mitarbeiter oder Lizenzzeichner ihre Werke signierten oder mit Namen genannt wurden. Doch wurde die Qualität von Barks Zeichnungen von Fans geschätzt und wiedererkannt. Offenbar stießen sie derart aus den anderen Veröffentlichungen heraus, dass Barks – dessen Name noch nicht bekannt war – den Spitznamen "Der gute Zeichner" erhielt, ein Zeichen für die Wertschätzung, die seinen Geschichten und seinem Talent entgegengebracht wurde. Und die auch ein nicht gar so gutes Licht auf seine Kollegen zu der Zeit werfen.

Und man kann fragen, ob die Kreativität und sein Talent sich in gleicher Weise entwickelt hätten, wäre er von vornherein nur einer von vielen Zeichnern in der emsigen Werkstatt Walt Disneys gewesen, ohne sich zuvor auf dem freien Markt behaupten zu müssen. Barks blieb Zeit seines Lebens Autodidakt und das zusammen mit seinem interessanten Berufsweg und seinem Interesse für Landschaftsmalerei, fremde Länder und Kulturen dürfte wohl viel dazu beigetragen haben, aus ihm den Künstler zu machen, der schließlich in seiner Zeit bei Western ein gewaltiges Portfolio nicht nur an spannenden Entengeschichten schuf, sondern auch als Gast-Zeichner andere Reihen wie "Barney Bear" unterstützte.

Der politisch unbequeme Barks

Obwohl Barks Zeit seines Lebens sehr unpolitisch war, eckte er aus politischen Gründen trotzdem bei so manchem an. Zwar hatte Barks nun ein gesichertes

Einkommen, eine gute Arbeitsumgebung mit gewissen Freiheiten und genoss Anerkennung, aber gleichzeitig war der freiheitlich denkende Künstler eben eingebunden in einen Konzern mit seinen eigenen Strukturen und Regeln. Im Netz finden sich ein paar Beispiele für kleinere Anpassungen, die zum Beispiel allein der Comic Code vorsah. Die zusätzlichen Vorgaben des Maus-Konzerns, der über seine Charaktere wachte, kamen noch hinzu. Zensur aufgrund moralischer Befindlichkeiten ist leider kein neues Phänomen der Gegenwart.

Disney als auch die üblichen US-Zensurbehörden wollten, dass er Dinge in ihrem Sinne änderte. Sich künstlerisch einschränken zu müssen, dürfte Barks ganz und gar nicht gefallen haben, denn er war gegen jede Form von Totalitarismus. Und die Mainstreammedien, beziehungsweise die Massenmedien mochte er ebenfalls nicht. Immer wieder warnte er in Interviews vor den Gefahren des Fernsehkonsums. Diese Haltung fanden die Leser dann auch in einigen seiner Comicgeschichten, wie etwa in „Die Zugkatastrophe". Im Bezug auf die USA erkannte Barks:

„Bei uns steht der Fernsehapparat nie still, und was dann geboten wird, ist zu 99 Prozent absoluter Schund! Man kann den Einfluss des amerikanischen Fernsehens auf die Bevölkerung gar nicht genug betonen, es macht die Menschen wirklich kaputt und vergiftet sie!"

Ein Problem, das wir inzwischen auch in Deutschland haben und das sich seit dem Anbruch des Smartphone-Zeitalters wohl nur noch intensiviert hat.

Gegen jeden Totalitarismus

Was Barks vom Totalitarismus hielt, wurde sehr deutlich, als er beispielsweise Hitlers „Mein Kampf" in die Abbildung einer Müllkippe einfügte. Auch den Vietnamkrieg behandelte Barks kritisch in „Der Schatz des Marco Polo", wobei besagter Schatz nur am Rande vorkommt. Die Geschichte ist durchgehend antikommunistisch, lässt aber viel Spielraum für Interpretation. Im Grunde könnte sie genauso gut im kommunistischen Kambodscha des Pol Pot oder in Rotchina spielen. Gesund wird das gebeutelte Land auf alle Fälle erst, als der rechtmäßige König wieder den Thron besteigt und sein Volk in die Freiheit führt. War Barks etwa Monarchist? Nun, möglich ist alles…

Barks beäugte aber auch den US-Imperialismus kritisch. Diese Art von Kritik führte dann dazu, dass manche Werke von Carl Barks stark zensiert oder lange gar nicht erst veröffentlicht wurden, weil sie dem Disney-Konzern als politisch unerwünscht galten. Tja, woher kommt uns das nur bekannt vor?

Ein anderes Beispiel ist die Geschichte „Im Land der Zwergindianer", in der Barks auf Umweltprobleme und die Probleme indigener Völker aufmerksam macht. Etwas was wir indigenen Europäer heute ebenfalls gut gebrauchen könnten; einen oder besser noch mehrere Comiczeichner, die auf unsere Probleme, die Verursacher und die Folgen aufmerksam machen!

Ein umfangreiches Gesamtwerk

Mit seiner deutschen Übersetzerin Dr. Erika Fuchs war die

Zusammenarbeit jedoch immer sehr gut; aber nur weil der Konzern gemeine Dinge tut, muss das ja eben auch nicht für alle seine Angestellten gelten. Als Barks am 30. Juni 1966 offiziell in den Ruhestand ging, hatte er insgesamt über 500 Comicgeschichten geschrieben und illustriert. Sein „Ruhestand" hielt ihn allerdings nicht davon ab, noch weitere Skripte zu schreiben, die im Anschluss von anderen Zeichnern, wie Tony Strobl, in die Praxis umgesetzt wurden. Barks widmete sich dann auch, ebenso wie bereits seine Frau, der Malerei und begann ab 1971, Szenen aus seinen Geschichten mit Öl auf Leinwand zu bannen. 1976 verbot Disney ihm das, doch er hatte bereits über 120 Gemälde mit Duck-Motiven geschaffen, die heute für sechsstellige Dollar-Beträge gehandelt werden.

Tja, wenn selbst der beste Disney-Zeichner und sein Nachfolger Don Rosa Ärger mit Disney hatten, was sollen wir dann erst sagen? Aber immerhin müssen wir nicht für dieses Unternehmen arbeiten, das in den letzten Jahren einen Schundfilm nach dem anderen herausgebracht hat.

Kein Platz mehr für „den guten Zeichner"?

Heute würde man Carl Barks wohl im modernen Disney gar nicht mehr einstellen, denn für Handwerk und „den guten Zeichner" dürfte dort kein Platz mehr sein. Die haben heutzutage nur noch computeranimierte Filme, klassischen Zeichentrick sucht man vergebens. Einer der letzten Filme von Disney, der noch aufwendig nach traditionellem Handwerk gemacht wurde, war meines Wissens „Lilo und Stitch", wo für die Hintergründe noch echte Wasserfarbezeichnungen zum Einsatz gekommen sind. Eine anspruchsvolle und auch risikoreiche

Zeichentechnik, die sich am Ende aber optisch auszahlte. Für den Film maßgeblich mitverantwortlich war Chris Sanders, der auch die gute Version von „Mulan" (1998) zu verantworten hatte. Zumindest den Mulan-Film könnte sich Barks noch in dieser Welt angesehen haben.

Heute scheint Disney echte Künstler, die sich zunächst einmal draußen auf dem Markt und im echten Leben bewähren mussten, die auch mal anecken, die aber auch ihr Handwerk beherrschen sowie den Geist der Originalität und des Könnens und ein Gespür für gute Geschichten besitzen, eher zu meiden. Die Animateure mögen ihre Aufgabe gut, effizient und ohne großen Widerspruch erledigen, aber an echten Charakteren, die auch bereit sind, gegen ein kreativ bankrottes Management Widerspruch zu erheben, scheint es im Maus-Konzern inzwischen deutlich zu mangeln.

Disney braucht wieder echte Künstler

Real-Neuverfilmungen sind ein Symptom dessen. Die von Männern wie Carl Barks geschaffenen originellen klassischen Meisterwerke müssen als Blaupausen für sehr viel geringere Zweitaufgüsse herhalten, weil das kreative Vakuum bei Disney längst nichts Neues mehr von Wert hervorbringen kann. Wish markierte erst kürzlich einen neuen Tiefpunkt. Der Konzern betreibt damit die Resteverwertung des eigenen Erbes, während Fans Unsummen ausgeben, um sich Anthologien des Lustigen Taschenbuchs mit den alten Comics oder eben Dagoberts 30 Jahre alte Lebensgeschichte zu kaufen. Die Zeiten des guten Künstlers sind vorbei, dabei täte ein neuer Carl Barks reichlich Not.

Eine solche Tendenz war zu Barks Lebzeiten allerdings noch nicht in Sicht. Der gute Künstler lieferte weiterhin einige Ideen für schöne, lesenswerte Geschichten. Auf diese Weise entstand beispielsweise eine fruchtbare Zusammenarbeit mit Daan Jippes, Don Rosa, William van Horn, Vicar und Romano Scarpa, die über viele Jahre ging.

Als der gute Künstler (oder auch der „gute Zeichner") am 25. August 2000 in Grants Pass, Oregon verstarb, hatte er Millionen Menschen viele wunderbare Geschichten gebracht.

Buchtipp: Die Schlangengarde

Wie geht man nach einem Krieg mit einer totalen Niederlage um? Und wie wehrt man sich, wenn es die alten Feinde weiterhin auf einen abgesehen haben? Vor allem, was tut man, wenn man selbst zahlenmäßig unterlegen ist und der Gegner übermenschliche, ja magische Kräfte hat? Diesen Fragen müssen sich mehrere Überlebende eines großen Krieges in der Zauberwelt stellen und dabei erfahren, dass nur weil ein Krieg vorbei ist, nicht gleich automatisch Frieden herrscht. Also beleben sie die im Krieg kaum zum Einsatz gekommene Schlangengarde wieder, um sich und ihre Kameraden zu verteidigen. Dabei bieten sie einem übermächtigen Feind Paroli. Ihnen geht es jedoch nicht in erster Linie darum den Krieg zu gewinnen, sondern vor allem darum ihn zu überleben...

134 Seiten
10,00 Euro

Zeitfracht Medien GmbH
Ferdinand-Jühlke-Straße 7
99095 Erfurt, Deutschland
produktsicherheit@kolibri360.de